LES

ANCIENS HOTELS DE PARIS

TYPOGRAPHIE

EDMOND MONNOYER

LE MANS (Sarthe)

Comte d'AUCOURT

LES

ANCIENS HOTELS

DE PARIS

AVEC UNE CARTE GRAVÉE

Des Grands Hôtels de la Rive Gauche

AVANT 1789

PARIS

HENRI VATON, LIBRAIRE-ÉDITEUR

25, QUAI VOLTAIRE, 25

1880

INTRODUCTION

Nous donnons ici par ordre alphabétique, l'ensemble des anciens Hôtels de Paris avec leur emplacement indiqué, soit par leur numéro dans la rue qu'ils occupaient, soit par le nom des rues entre lesquelles ils se trouvaient. Nous avons consulté la plupart des plans de Paris, tels que :

Gomboust, 1652.
Bretez ou plan Turgot, 1739.
Denis et Pasquier, 1758.
Robert de Vaugondy, 1760.
Deharme, 1766.
Jaillot, 1775.
Maire, 1806.

Et les ouvrages, sur l'ancien Paris, principalement :

Description de Paris, de Piganiol de la Force, 10 vol. in-12, 1742.

Guide du Voyageur à Paris, par Thierry, 2 vol. in-12, 1787.

Almanach de Paris, 1 vol. in-24, 1788.

Le Provincial à Paris, 4 vol. in-24, 1789.

Tableau pittoresque de Paris, par Bins de Saint-Victor, 3 vol. in-4º, 1808.

Dictionnaire des rues de Paris, par de La Tynna, 1 vol. in-12, 1816.

Dictionnaire de l'ancien Paris avant l'annexion, par F. Lock, 1 vol. in-18, et surtout *Les anciennes Maisons de Paris sous Napoléon III*, par Lefeuvre, 5 vol. in-12, vers 1860.

Sur ces plans et dans ces ouvrages le même Hôtel est indiqué sous des noms différents, suivant l'époque de leur publication ; aussi nous avons ajouté pour chaque Hôtel les noms des principaux personnages qui l'ont habité et ont pu lui donner leur nom.

La table générale de tous les noms cités servira de renvoi aux Hôtels où on parle de chacun d'eux ; on pourra donc faire concorder facilement par ce moyen tous les anciens plans et même trouver l'adresse des personnages de notre histoire.

Enfin une table des rues, quais ou places cités

dans l'ouvrage donne en même temps les noms des Hôtels de cette rue.

On n'a porté ici que les Hôtels sur lesquels nous avons eu des renseignements suffisants aux points de vue topographique et historique ; et, malgré ses défauts, notre compilation pourra peut-être rendre quelque service à ceux qui s'intéressent à tout ce qui concerne l'histoire du vieux Paris.

LES

ANCIENS HOTELS

DE PARIS

———

D'AGUESSEAU ... *Rue Pavée, 18* (Séguier).
D'Aguesseau.
De La Houssaie.
De La Roche-Aymon.
1870. Librairie A. Aubry.

D'AGUESSEAU ... *Rue du Faubourg St-Honoré,* après l'hôtel Charrost, presque en face la rue d'Aguesseau.
D'Aguesseau.

D'AIGUILLON.... *Rue de l'Université, 73.*
A.-L. De Vignerot du Plessis, comte d'Agenois, duc d'Aiguillon, ministre de la Guerre, 1731.
De Chabrillan.
Ministère de la Guerre.
Maintenant au coin du boulevard Saint-Germain et de la rue de l'Université.

I

D'Aiguillon.... *Rue de Verneuil, 33.*
1750. Vignerot du Plessis, duc d'Aiguillon.
1785. Cely d'Astorg.

D'Albret ...... *Rue des Francs-Bourgeois, 9 et 7.*
Appelé vulgairement Hôtel de Thoré.
1585. De Montmorency.
1601. Le Charron.
1635. De Guénégaud.
— D'Albret, comte de Miossans.
— Brunet de Chailly de Villarceaux de Serigny.

D'Aligre....... *Rue de l'Université, 15.*
Bâti par Jean de Bérulle, conseiller d'Etat.
Etienne d'Aligre, chancelier.
J. Langeais d'Imbercourt, fermier général, 1682.
1712. Achille de Harlay qui y mourut.
1716. Messieurs d'Aligre.
— de Maupou.
Comte de Beauharnais.

D'Aligre...... *Rue d'Orléans,* donnait rue de Grenelle-Saint-Honoré, maintenant J.-J. Rousseau.
De Rocquencourt.
Diane de Poitiers.
Brulart de Sillery.
De Harlay.
De Puysieux.
De Verthamont.
D'Aligre.
En grande partie détruit.

D'ALIGRE....... *Rue Saint-Honoré,* entre les rues du Louvre et de l'Arbre-Sec.
Gabrielle d'Estrées, 1594.
Le plan Gomboust, 1652, l'appelle Schomberg.
Faisait partie de l'hôtel d'Aligre, situé en face.
Maintenant cour d'Aligre.

D'ALIGRE....... *Rue de Bondi, 54-56,* non loin de la rue de Lancry.
1798. d'Aligre.

D'AMBRUN ...... *Quai de Béthune, 24,* île St-Louis, au coin de la rue Poulletier.
Dessiné par Levau pour Denis Hesselin, prévôt des marchands.
1669. Môlé, seigneur de Charonne, abbé de Sainte-Croix.
1720. Monerat.
1737. D'Ambrun de Montalets, intendant d'Auvergne.
Brochant.
Lechanteur.
Nonce apostolique, 1713.
Parent-Duchatelet.

D'ANCÉZUNE..... *Rue de Bourbon* (Lille), 111, au bout de la rue.
D'Ancézune.
Détruit par les nouvelles constructions du boulevard Saint-Germain.

D'ANGENNES..... *Rue de Varennes, 51.*
D'Angennes.
De Vérac.
De Rougé.

D'ANGENNES..... | *Rue Saint-Paul, 5*, au coin de la rue des Barrés.
D'Angennes.

D'ANGIVILLIERS . | *Rue des Poulies.*
D'Alluye, 1580.
1596. De Cipières.
D'Argenson.
De Conti.
De Tremes.
D'Angivilliers.
Entamé, en 1780, par la rue d'Angivilliers, et achevé de démolir en 1854, pour percer la rue de Rivoli.

D'ANGOULÊME... | *Rue Pavée, 24*, au coin de la rue des Francs-Bourgeois.
Bâti, 1550, pour Diane, fille légitimée de Henri II.
1581. Duc d'Angoulême.
1681. Lamoignon.

ARCHIVES ST-LAZARE | *Rue de Monsieur*, 12.
Archives de l'ordre de Saint-Lazare.
Pension.
Maison conventuelle du Sacré-Cœur.
Collège arménien.

D'ARGENSON..... | *Rue Vieille-du-Temple, 24*, et impasse d'Argenson.
Voyer d'Argenson.

D'ARGENSON..... | *Rue des Quatre-Fils, 11*.
Voyer d'Argenson.

D'ARGENSON..... *Rue des Bons-Enfants*, 5.
1652. Hôtel de Mélusine-Lusi-
gnan.
Chancellerie d'Orléans, cardinal
Dubois.
1752. Marquis d'Argenson.

D'ARMAGNAC..... *Rue du Carrousel.*
Bâti, 1676, pour le grand écuyer
Louis de Lorraine, comte d'Ar-
magnac, de Charny et de
Brionne.
Abattu en 1806.
Occupait la partie nord de la
cour des Tuileries, entre le pa-
lais et la grille du Carrousel.

D'ARMAILLÉ..... *Rue d'Aguesseau, 5 ?*
Marquis d'Armaillé.

D'ARMENONVILLE *Rue Platrière* (J.-J. Rousseau),
rue Pagevin, et rue Coq-Héron.
Bâti pour J.-L. de Nogaret d'E-
pernon de la Valette.
Barthélemy d'Hervart qui le fit
rebâtir.
Fleuriau d'Armenonville.
1757. Hôtel des Postes.

D'ARSELOT...... *Rue de l'Université, 1.*
M. Lecoq.
1750. D'Arselot.

D'ASFELD....... *Rue St-Dominique, 19*, presque
en face la rue St-Guillaume.
D'Asfeld.
Béthune.
Mlle de Lespinasse.
M. Thayer.

D'Astry........   *Quai des Balcons* ou Dauphin à côté de l'hôtel Richelieu entre les rues de Bretonvilliers et Poulletier.
D'Astry, financier.

D'Aubeterre ...   *Rue d'Artois* (Laffitte), 2, au coin du boulevard des Italiens.
D'Aubeterre, maréchal de France
Marquis d'Hertford.

D'Aubray.......   *Rue Croix-des-Petits-Champs*, presque au coin de la rue du Bouloi, près le passage Vero-Dodat.
D'Aubray, 1664.
Poisson de la Bourvallais, financier.

D'Augny........   *Rue Grange-Batelière* (Drouot),6.
D'Augny, fermier général.
Comte de Mercy d'Argenteau.
On y donna ce qui fut appelé Bal des Victimes.
Aguado, marquis de Las Marismas.
1848. Ganneron et Gouin, banquiers.
Mairie du 2e, puis du 9e arrondissement.

D'Aumont ......   *Rue de Caumartin*, 2, à l'angle du boulevard.
Duc d'Aumont.
Dominique Le Noir.
Dubois de L'Estang.

D'AUMONT ......   *Rue de Jouy, 7.*
Bâti sur les dessins de Mansart.
D'Aumont.
Fut pendant plusieurs années,
   Mairie du 9ᵉ arrondissement.
Puis une pension.
Pharmacie centrale.

D'AUVERGNE ....   *Rue Saint-Dominique, 102,* après
   la rue de Bourgogne.
Bâti en 1705, par Lassurance.
Comte d'Auvergne.
De Caraman.
1878. Habité par le Nonce apostolique.

D'AVARAY.......   *Rue de Grenelle, 85.*
1718. Construit pour Claude-
   Théophile de Bésiade, marquis d'Avaray.
1723. Loué à Horace Walpole,
   ambassadeur d'Angleterre.
1727. De Bésiade, marquis
   d'Avaray.
La famille de Bésiade, duc d'A-
   varay, y habite encore.

D'AVEJAN.......   *Rue de Verneuil, 53,55.*
D'Avejan.
De Montboissier.

DE BAILLEUL ...   *Rue du Grand-Chantier,* à l'angle
   de la rue de Braque.
De Bailleul.

DE BALINCOURT .   *Rue de la Chaussée-d'Antin,* 3.
De Balincourt.
Démoli pour le Théâtre du Vau-
   deville et le voisinage.

De la Balue ...	*Place Vendôme, 22*, pan coupé Est.
	M. de Curzay.
	Boffrand, architecte.
	Magon de la Balue.
	1812. Général Hulin.
	Etat-major de la garde natio-nale.

De Barbanson ..	*Rue de Babylone, 18.*
	De Barbanson.
	De Caraman.
	Détruit en partie par la rue Vanneau.

Des Barbeaux ..	*Rue des Barrés, 25*, jusqu'au quai ; en face l'Avé-Maria.
	Appartenait à l'abbaye de Portus-Sacer ou des Barbeaux.
	Actuellement marché de l'Avé-Maria.

Barbette.......	*Rue Vieille-du-Temple.*
	Hôtel Barbette.
	J. de Montaigu.
	Isabelle de Bavière.
	De Brézé, comte de Maulevrier.
	Diane de Poitiers, duchesse de Valentinois.
	Démoli en 1561. — La rue Barbette passe sur son emplace-cement.

De Baunes......	*Rue du Regard, 7.*
	Vicomtesse de Baunes.
	Prince de Robeck.
	Maréchal de Bellune.
	Marquise d'Hautefeuille.

DE BEAUFFREMONT   *Rue d'Anjou-Saint Honoré, 42,* tout près de la rue N.-D. de Grâce, maintenant Tronson-du-Coudray.
D'Aligre.
De Beauffremont.
De Boissy.
Détruit par le boulevard Malesherbes.

DE BEAUFFREMONT   *Quai des Théatins* (Voltaire), 7 ou 9.
Président Perrault.
Duchesse de Portsmouth.
Michel de Chamillard.
Gluck, seigneur de Saint-Port.
De Beauffremont.
Marquis de Vaubécourt.

DE BEAUMARCHAIS   *Boulevard Beaumarchais,* entre la rue Daval et la place de la Bastille, en face le théâtre de Beaumarchais.
Caron de Beaumarchais.
Détruit sous la Restauration.

DE BEAUMARCHAIS   *Quai des Célestins, 14.*
Petit hôtel de Beaumarchais.
De la Vieuville, 1689.
Dufay.
Comte Happey, 1877.
Rançonnette, graveur et paysagiste, y est mort en 1878.

DE BEAUMONT...   *Place Vendôme, 14.*
De Beaumont.

DE BEAUPRÉAU..   *Rue de l'Université, 3.*
De Beaupréau.

DE BEAUTRU.... *Rue Neuve-des-Petits-Champs*, au coin de la rue Vivienne.
De Beautru-Serrant.
Colbert.
Écuries d'Orléans.
Bureau des Domaines du Roi.
Caisse de la Dette publique.
Galeries Colbert et Vivienne, magasin du Grand-Colbert.

DE BEAUVAIS.... *Rue de Grenelle*, 7, 9, en face la rue des Saints-Pères.
De Beauvais.
Petites Cordelières de Ste-Claire
Divisé en plusieurs lots en 1749.

DE BEAUVAIS.... *Rue Saint-Antoine* (François-Miron).
Bâti par Le Peautre.
Madame de Beauvais.
1706. J. Orry, président à mortier.
Presque au coin des rues François-Miron et Jouy.

DE BEAUVAU.... *Rue du Faubourg-Saint-Honoré*, 90, place Beauvau.
Bâti par Camus de Mézières.
Prince de Beauvau.
Ministre de l'Intérieur depuis 1857.

DE BEAUVILLIERS *Rue Sainte-Avoie* (du Temple), entre les rues Geoffroy l'Angevin et Michel-le-Comte.
Bâti par Le Muet.
Cl. de Mesmes, comte d'Avaux.
De Beauvilliers de Saint-Aignan.
Rochechouart-Mortemart.
Près de la rue de Rambuteau.

DE LA BELLINAYE	*Rue d'Anjou-Saint-Honoré*, près la rue Tronçon-du-Coudray. La Bellinaye. Détruit.
DE BELLISLE....	*Rue de Bourbon, 56* (Lille). 1721. Fouquet de Bellisle. Choiseul-Praslin. Demidoff. D'Harville. Lépine. Caisse des dépôts et consignations, brûlé en 1871 par la Commune, puis reconstruit. Donne quai d'Orsay, près le Quartier de Cavalerie.
DE BENTHEIM...	*Rue de Bourbon* (Lille, 94, 96,98). Maréchal d'Estrées. De Salles. Comte de Bentheim. Divisé en trois parties : Le 94. — Ambassade de Parme. —La Trémoille. — De Vogüé. Le 96. — Masséna, prince d'Essling, duc de Rivoli. Le 98. — Maréchal Lobeau.
DE BERCHENY...	*Rue de Verneuil, 58.* De Bercheny. Bureaux de l'Intendance Militaire.
DE BERINGHEN ..	*Rue St-Nicaise*, du côté de la Seine, au coin de la rue des Orties. M. de Warin. De Roquelaure. De Béringhen, 1er écuyer, 1645. Démoli sous Napoléon 1er, actuellement place du Carrousel.

DE BERNAGE.... *Rue des Saints-Pères*, entre les hôtels de Morstin et de Chabannes.
De Bernage, intendant de la Généralité de Limoges.
De Bernage, prévôt des marchands.
D'Affry ?

BERTIN......... *Rue Neuve-des-Capucines*, au coin du boulevard.
Bertin.
Berthier, prince de Wagram.
Ministère des Affaires étrangères en 1848.
Maison Alph. Giroux.

DE BÉRULLE.... *Rue de Richelieu*, entre les rues de Ménars et Neuve-St-Marc.
De Bérulle.
Hôtel garni.

DE BERWICK.... *Rue de Grenelle*, 73, au coin de la rue du Bac.
De Berwick.
De Castellane.

DE BÉTHUNE.... *Rue de la Chaise, 3.*
Comte de Vertus et princesse de Courtenay.
Cahouet, baron de Beauvais.
Préaudeau de Chemilly.
Comtesse de Béthune-Pologne.

DE BÉTHUNE-CHAROST *Rue de Bourbon* (Lille 76).
Seignelay.
D'Ancézune.
De Lambert.

DE BÉTHUNE-CHAROST   *Rue de Bourbon* (Lille 76).
    (*Suite*)   De Béthune-Charost.
              Madame de Tencin.
              Prince Eugène de Beaumarchais.
              Maréchal de Lauriston.

DE BEZONS......   *Rue Vivienne, 16*, vis-à-vis la
              rue Colbert.
              Appelé aussi de Croissy.
              Bâti par Le Muet, pour J. Tu-
              beuf.
              De Torcy, neveu de Colbert.
              Maréchal de Bezons.

DE BIGNON......   *Rue des Bernardins*, cloître des
              Bernardins.
              L'abbé Bignon, de l'Académie.
              De Torpanne.
              Démoli au commencement du
              IXe siècle.

DE BIRON.......   *Rue de Varennes, 77*, au coin du
              boulevard des Invalides.
              Bâti par Gabriel et Aubert, pour
              Peyrenc de Moras.
              Duchesse du Maine.
              Maréchal de Matignon.
              De Gontaut duc de Biron.
              Couvent du Sacré-Cœur.

BLOUIN.........   *Rue du Faubourg-Saint-Honoré,
              31*, en face de la rue d'Anjou.
              1718. Blouin, valet de chambre
              de Louis XIV.
              De Marbeuf.
              Saliani ou Saligny.
              Joseph Bonaparte, sous le Con-
              sulat.
              Maréchal Suchet, duc d'Albufera.

DE BOISGELIN... *Rue de Varennes, 49*, près la rue
du Bac.
De Boisgelin, archevêque d'Aix,
1768.
Comte de Boisgelin, 1788.

BORDIER........ *Rue du Parc-Royal, 2*, presqu'en
face la rue Culture-Sainte-
Catherine.
Appelé aussi des Fusées.
Président Bordier.
De Canillac.
De Montboissier.

U BOUCHAGE... *Rue du Coq.*
1584. Henri de Joyeuse, comte
du Bouchage.
Gabrielle d'Estrées.
1608. Hôtel de Montpensier.
Vendu en 1616 au cardinal de
Bérulle, pour y établir la
communauté de l'Oratoire,
rue Saint-Honoré.

DE BOUCHERAT.. *Rue Saint-Louis, 40* (Turenne),
entre l'église Saint-Denis-du-
Saint-Sacrement et la rue des
Douze-Portes.
De Guénégaud.
De Boucherat.
D'Ecquevilly.
Couvent de Sainte-Elisabeth.

BOUCOT........ *Rue de la Coutellerie*, sur le
plan Gomboust.
Boucot.
Détruit lors du percement de la
rue de Rivoli.

De Boufflers.. `Rue de Choiseul`, au coin du boulevard.
Marquise de Boufflers-Rouverel.
Ch.-Ph. Oberkampf.
Galeries de Choiseul.
Crédit Lyonnais.

De Bouillon... *Rue Neuve-des-Petits-Champs, 2*, au coin de la rue des Petits-Pères.
De Bouillon.
De Charost, 1742, sur le plan Piganiol de la Force.
Détruit par le passage des Petits-Pères et la rue de la Banque.

De Bouillon... *Quai Malaquais, 17*, à côté de la façade des Beaux-Arts.
Macé Bertrand de la Bazinière, trésorier de l'Epargne.
Duchesse de Bouillon, née Mazarin.
De Juigné.
M. Pellaprat.
Prince de Chimay.

De Boulainvilliers *Rue Bergère*, entre les rues du Faubourg-Montmartre et du Faubourg-Poissonnière.
Samuel Bernard, financier.
Bernard de Boulainvilliers.
Marquet de Peyre.
De Rougemont de Lowenberg.
Détruit en 1844 pour percer la rue de Rougemont.

De Bourbon.... *Rue du Petit-Bourbon*, entre les rues Garancière et de Tournon.
De Bourbon duc de Montpensier.

DE BOURBON.... (*Suite*)	*Rue du Petit-Bourbon.* Entre les rues Garancière et de Tournon. Sur son emplacement existait avant 1789 un hôtel garni appelé hôtel Chatillon.
DE BOURBON...... OU PETIT-LUXEMBOURG	*Rue de Vaugirard.* Bâti par Richelieu, pour la duchesse d'Aguillon, sa nièce. 1710. Augmenté par Anne de Bavière, veuve de H. de Bourbon, prince de Condé. Réuni au Luxembourg.
DU PETIT-BOURBON	*Rue du Petit-Bourbon*, près le quai de l'Ecole. 1390. Louis de Bourbon, comte de Clermont. 1527. Connétable de Bourbon. Ecuries de la reine et garde-meuble de la couronne. Rasé en 1758. Actuellement jardin du Louvre et place de Saint-Germain-l'Auxerrois.
DE BOURDEAUX..	*Rue des Francs-Bourgeois, 14,* donnant sur la rue Barbette. Etienne Briois. De Bourdeaux. Sanguin, marquis de Livry. Thomas de Pange. Michaut de Montaran. Ch. Chastel, trésorier de l'artillerie et du génie.
DE BOURGADE...	*Place Vendôme, 2.* Delpech. Marquis de Bourgade.

DE BOURGOGNE..   *Rue Pavée*, près la rue Maucon-
seil, donne sur la rue aux Ours.
Comte d'Artois.
Ducs de Bourgogne (Jean sans
Peur).
Confrères de la Passion, comé-
diens de l'hôtel de Bourgogne,
de 1566 à 1676.
Comédie italienne.
Marché aux cuirs.

DE BOUVILLE ...   *Rue de Verneuil, 13, 15.*
Académie de Dugast, puis de
Dugier.
De Bouville.

DE BOYNES .....   *Rue du Faubourg-Saint-Martin,*
entre les rues des Vinaigriers
et des Récolets, derrière
l'église Saint-Laurent.
De Boynes.

DE BRANCAS ....   *Boulevard des Italiens,* au coin
de la rue Taitbout, 1.
De Brancas-Lauraguais.
Général Rapp.
Marquise d'Hertford.
Lord Seymour.
Café de Paris.

DE BRANCAS ....   *Rue de Tournon, 6.*
1656. Terrat, marquis de Chan-
tosme.
Académie royale de La Martinière.
De Brancas.
De Montmorency-Laval.
Laplace.
Bossange et Masson, libraires.
Renouard, libraire.

2*

DE BRÉHANT.... *Rue de Grenelle, 50,* derrière l'hôtel de Luynes, presque en face la fontaine.
Marquis de Bréhant.

DE LA P^le-BRETAGNE *Rue des Orties-Saint-Honoré.*
Ducs de Bretagne.
Chapitre de Saint-Thomas-du-Louvre.
1500. De Matignon.
Président Jeannin.
Rue Matignon.
Maintenant square du Carrousel.

DE BRETEUIL ... *Place Royale, 4.*
De Breteuil.
Le Chevalier de Favras.
Portalis.

DE BRETONVILLIERS *Isle St-Louis, quai de Béthune.*
Le Ragois de Bretonvilliers, secrétaire du Conseil.
Maréchal de Tallard.
1719. Bureau général des aides.
Chardin-Hadancourt (Ateliers de parfumerie).
Détruit par le boulevard Saint-Germain et le pont Sully.

DE BRIENNE .... *Rue Saint-Dominique, 92.*
Dessiné par Aubry, pour le président Duret.
Duchesse de Mazarin, née de Mailly, veuve de la Vrillière.
Princesse de Bourbon, douairière de Conti, 1733.
Maréchal de Richelieu.
Loménie de Brienne.

DE BRIENNE..... (*Suite.*)	*Rue Saint-Dominique*, 92. Lucien Bonaparte. Madame Mère (Lætitia Bonaparte).
DE LA BRIFFE ..	*Quai des Théatins* (Voltaire, 3). Président de la Briffe.
DE BRINVILLIERS	*Rue Neuve-Saint-Paul* (Charles V), 12. Marquise de Brinvilliers.
DE BRISSAC.....	*Rue de Grenelle*, 122. De Brissac. Ministre de l'Intérieur. Ambassade Ottomane. Entamé par la rue Casimir-Périer.
DE BROGLIE. ..	*Rue de Varennes*, 75, presque en face la rue de Bourgogne. Bâti en 1704, pour le comte de Chatillon. De Broglie. 1815. Lebrun, duc de Plaisance. En face se trouvait un petit hôtel de Broglie.
DE BROGLIE....	*Rue Saint-Dominique*, 74, au coin de la rue de Bellechasse. De Broglie. 1816. Chaptal. 1850. A. Marrast. Détruit par le boulevard Saint-Germain.
DE BROGLIE....	*Place Vendôme*, 19, pan coupé Nord. De Broglie.

De Broglie.....   *Place Vendôme, 19*, pan coupé
(*Suite.*)   nord.
                   Président de la Chambre des
                   députés.

De Brou.......   *Rue de l'Université, 13.*
                   Président Feydeau de Brou.
                   1772. Ambassade de Venise.
                   Maupou.
                   Amelot.
                   Dépôt d'artillerie.
                   Maréchal de Bourmont.

De Brunoy.....   *Rue du Faubourg-Saint-Ho-*
                   noré, 47, à côté de l'Elysée.
                   Paris de Montmartel, marquis
                   de Brunoy.
                   Maréchal Marmont, duc de Ra-
                   guse.
                   Général Beurnonville.
                   Princesse Bagration.

De Brutelle...   *Place Vendôme, 21.*
                   De Joubert, trésorier des Etats
                   de Languedoc.
                   Lhéritier de Brutelle.
                   Berthoud de l'Institut.
                   1808. Marquis de Méjanes.

De Bullion....   *Rue Platrière* (J.-J. Rousseau),
                   près l'hôtel des Postes.
                   De Bullion, surintendant des
                   finances.
                   Hôtel des Ventes publiques.

De Cambis......   *Rue d'Orléans* (Charlot), 5.
                   De Retz.
                   De Sourdis.

DE CAMBIS...... (*Suite*)	*Rue d'Orléans* (Charlot), 5. Gruyn des Bordes. Villeron de Cambis.
LE CAMUS......	*Rue de Thorigny*, au coin de la rue Culture-Saint-Gervais. Vulgairement appelé hôtel Salé. Bâti par le financier Aubert de Fontenay, 1656. Le Camus. De Villeroi. De Juigné. École centrale des Arts et Manufactures.
DE CANILLAC...	*Place Royale*, donnait aussi sur la rue des Tournelles. De Canillac.
DE CARNAVALET.	*Rue Culture-Sainte-Catherine, 23* (Sévigné), au coin de la rue des Francs-Bourgeois. J. des Ligneris, 1544. Baron de Kernevenoy (Carnavalet). Marquise de Sévigné. D'Argouges. Brunet de Rancy. De la Briffe. Bélanger. Dupré de Saint-Maur. De Pommereul. Direction de la Librairie. École des Ponts et Chaussées. Pension Verdot. Musée historique de la ville de Paris.

De Carvoisin...   *Rue de Bourbon* (Lille), 69.
Marquis de Mouchy.
Marquis de Carvoisin.

De Cassini.....   *Rue de Babylone, 10,* près les
Missions étrangères.
1663. Le président Bernard de
Sainte-Thérèse y préside une
assemblée de Missions.
Marquis de Cassigny ou Cassini.

De Castries....   *Rue de Varennes, 22,* puis *72.*
De Castries.
Ministère de la Guerre.
Pillé en 1790.
Rebâti et habité par la famille
de Castries.

De Caumartin..   *Rue Sainte-Avoie* (du Temple),
79, au coin de la rue Michel-
le-Comte.
De Caumartin.
Est peut-être le même que l'hôtel de Montmort.

De Caumartin..   *Rue Saint-Louis* (Turenne), 11,
maison de la fontaine dite de
Joyeuse.
Miron, seigneur de l'Ermi -
tage.
Lefèvre de Caumartin, garde des
Sceaux.
Pajot de Villers.
Delpech de Cailly, président de
la cour des Aides.
Marquis de Joyeuse.
Choux de Bussy, 1761.

De Cavoie . . . . .   *Rue des Saints-Pères,* entre les rues Saint-Dominique et de Grenelle.
De Cavoie.

De Chaalis . . . .   *Rue de Jouy.*
Abbés de Chaalis, près de Senlis.
Aliéné en 1658.

De Chabannes . .   *Rue des Saints-Pères. 5,* en face la rue de Lille.
De Chabannes.
Marquis de Vertillac.

De Chalons . . . .   *Rue du Regard, 13.*
Evêques comtes de Châlons.

De la Chancellerie   *Place Vendôme, 11, 13.*
Poisson de la Bourvallais et Vallemare, financiers.
Chancellerie de France.
Ministère de la Justice.

De Charny . . . . .   *Rue des Barres,* au coin de la rue de la Mortellerie.
Hôtel des Barres aux moines de Saint-Maur.
Louis de Bourbon.
1664. Hôtel de Sens.
De Charny.
Bureau des Aides.
Comité civil de la Commune sous la Révolution.
Justice de paix du IXe arrondissement (ancien).
Démoli par la rue du pont Louis-Philippe.

De Charollais.	*Rue des Francs-Bourgeois, 11,* au coin de la rue des Hospitalières de Saint-Gervais.

MM. de Flesselles, de Brégy et dé Caux.
Michel Le Tellier.
· Le Tellier, archevêque de Reims.
De Créqui.
Le Bas du Plessis et comte de Charollais.
Le Bas de Courmont.

Le Charron....	*Ile Saint-Louis quai de Bourbon, 13, 15.*

Claude le Charron, seigneur de Villemaréchal.
Le Charron, prévôt des marchands.
De Vitry.

Le Charost....	*Rue du Faubourg-Saint-Honoré, 39.*

Bâti par Mazin pour le 'duc de Charost.
Princesse Pauline Bonaparte Borghèse.
Ambassade d'Angleterre depuis 1815.

De Charost....	*Rue Montmartre,* presque en facè la rue de la Jussienne.

De Charost.
De Crécy.
Détruit par la rue Mandar et la cour Charron.

De Chateauvieux.	*Rue Saint-André-des-Arts,* près la rue de l'Eperon, en face la rue des Grands-Augustins.

De Chateauvieux.
(*Suite.*)

Rue Saint-André-des-Arts, près la rue de l'Eperon, en face la rue des Grands-Augustins.
Séjour d'Orléans.
J. de la Guesle.
Comte de Chateauvieux. — Dutillet.
De la Vieuville. — Comte de Villayer et d'Auteuil.
Comte de Villayer et d'Auteuil.
Salon de Correspondance pour les arts et les lettres.
Librairie Furne et Cie.

Du Chatelet...

Rue de Grenelle, 125, au coin de la rue d'Iéna et boulevard des Invalides.
Chanac, abbé de Pompadour.,
De Rochechouart.
De Vauréal.
Du Chatelet.
De Guiche.
De Cadore.
Liste civile, sous la Restauration.
Ambassade d'Autriche.
Archevêché.

De Chatillon..

Rue Saint-Dominique, 65.
De Chateauneuf (La Ferté-Senneterre).
Marquis de Béthune.
De Chatillon.
De Breteuil.
Comtesse de Croix, 1875.
Détruit par le boulevard Saint-Saint-Germain.

De Chatillon..   *Rue Pavée* (Séguier), à droite en entrant par le quai.
Jean de Chatillon, comte de Chartres et de Blois.
Connétable Gaucher de Chatillon.
J. d'Arcy, évêque d'Autun.
H. d'Arcy, évêque de Laon.
L. de Luxembourg, évêque de Thérouanne.
Ducs de Nemours ducs de Savoie.
De l'Epine.
Démoli vers 1672, à la place est la rue de Savoie. Il en resta une partie à l'angle nord des rues de Savoie et Pavée et que Gomboust appelle hôtel de Nemours.

De Chatillon..   *Rue de Babylone, 5 ou 7*, et rue du Bac, 132.
La Vallière.
Duc de Chatillon.
Sœurs de St-Vincent-de-Paul.

La Chatre.....   *Rue de l'Université, 84.*
Marquis de La Châtre.
Général Dubreton.

De Chaulnes...   *Place Royale, 9*, et rue de l'Egout.
De Chaulnes.
De Nicolaï.

De Chaulnes...   *Rue d'Enfer, 59*, à côté des Carmélites.
Duc de Chaulnes, d'après le plan Jaillot.
Ecole Lavoisier.

DE CHAULNES...   *Rue de Bercy* et quai de la Rapée, entre la Rapée et le cha-
teau de Bercy presque en face
l'ancienne gare.
Appelé la Vigne de Chaulnes.
Détruit par le chemin de fer de
Lyon et les bâtisses de Bercy.

DE CHAVIGNY ...   *Rue d'Enfer*, quartier de la Cité,
vis-à-vis la rue de la Co-
lombe.
De Chavigny.
Détruit, maintenant quai Napoléon.

DU CHAYLA.....   *Rue de Sèvres*, près la rue des
Brodeurs (maintenant Van-
neau).
Du Chayla.

DE CHENISEAU ..   *Rue Saint-Louis-en-l'Ile*, 45,
près la rue Guillaume-Budé.
De Cheniseau.
1848. Archevêché de Paris, où
fut rapporté Monseigneur Af-
fre, tué sur une barricade par
les insurgés.

DE CHEVILLY...   *Rue Basse-du-Rempart*, rue de
Suresnes et rue de Chevilly.
De Chevilly.
Détruit pour bâtir l'église de la
Madeleine.

DE CHEVREUSE..   *Rue Saint-Dominique*, entre les
rues du Bac et St-Guillaume.
Construit en 1650 par Le Muet
pour la duchesse de Che-
vreuse.

De Chevreuse..
(*Suite*)

Rue Saint-Dominique entre les rues du Bac et St-Guillaume.
A toujours appartenu à la famille de Chevreuse et de Luynes.
Entamé par le boulevard Saint-Germain.

De Choiseul ...

Rue Grange-Batelière (Drouot), 3
Bouret.
De la Borde.
Duc de Choiseul.
Opéra et dépendances.
Incendié en 1873, maisons particulières.

De Choiseul. .

Quai des Théatins (Voltaire), 5.
Mazarin.
De Choiseul-Beaupré.

De Choiseul...

Rue Richelieu, rue d'Amboise.
Bâti par Oppenord.
La Ferté-Senneterre.
Crozat, 1704.
Crozat, marquis Du Chatel.
Gouffier.
De Choiseul.
Détruit vers 1784, par la rue d'Amboise qui en occupe la place.

De Choisy .....

Rue du Petit-Bourbon, à l'angle de la rue des Poulies.
Petit Alençon,
De Fresnoy.
Honorat de Castellan.
De Gondi, duc de Retz.
Duc de Choisy.
Abattu en 1664.

DE CLAMART....   *Rue de la Muette*, près le boulevard Saint-Marcel.
Comte d'Armagnac.
Archevêque de Reims.
Philbert Paillard, président au
Parlement 1378.
1423. Hôtel de Coupeaux.
1646. De Clamart.
Détruit. — Cimetière de Clamart. — Amphithéâtre d'ana-
tomie.

DE CLERMONT...   *Rue de Varennes, 71.*
Bâti 1708-1714, par Le Blond, pour
la marquise de Seissac, veuve
de L. de Guilhem de Castelnau.
de Clermont Lodève, marquis
de Seissac.
Duchesse de Chatillon.
L. de Bourbon-Condé, comte de
Clermont.
D'Orsay.
1812. Bigot de Préameneu.
1815. Armand Séguin.
1838. Barbet de Jouy.
Détruit par la rue Barbet de
Jouy.

DE CLERMONT -
TONNERRE ....   *Rue du Petit-Vaugirard* (Cher-
che-Midi), *87, 89, 91, 93,*
au coin de la rue de Bagneux.
Comte de Clermont-Tonnerre.
Comte de Cabanis.

DE CLÈVES.....   *Rue du Louvre,* derrière les
P. P. de l'Oratoire.
1373. D'Etampes.

De Clèves..... *(Suite)*	*Rue du Louvre*, derrière les PP. de l'Oratoire. 1575. D'Aumale. 1616. Catherine de Clèves, duchesse de Guise. 1637. Cl. de Lorraine, duc de Chevreuse. Bouthillier, surintendant des finances. Maréchal de Gramont. 1667. Vendu pour aligner la place de l'Oratoire. Maintenant rue de Rivoli.
De Cluny......	*Rue des Mathurins, 14.* 1505. Bâti sur une partie des ruines de l'ancien Palais des Thermes, pour J. d'Amboise, abbé de Cluny. M. Dusommerard. Musée de Cluny.
De Coislin.....	*Place de la Concorde, 4,* au coin de la rue Royale. Bâti en 1776 sur les dessins de Gabriel. Marquise de Coislin.
De Collande...	*Rue des Saints-Pères*, numéros impairs, marqué sur le plan Deharme à moitié des rues de Grenelle et St-Dominique, à côté de l'hôtel de Cossé-Brissac, dont il faisait probablement partie, si ce n'était le même.
De Comminges..	*Rue Saint-Dominique, 113.* Evêques de Comminges.

DE COMMINGES.. *Rue Saint-Dominique, 113.*
(*Suite*) Duc d'Estouville.
Du Roure.
Maréchal Reille.

DE CONDÉ...... *Rue de Condé.*
Ancien hôtel de Gondi, duc de Retz.
Prince de Condé.
Occupait l'espace compris entre les rues de Condé, de Vaugirard et des Fossés-Monsieur-le-Prince.
Maintenant place et carrefour de l'Odéon, rues de l'Odéon et Casimir-Delavigne.

DE CONDÉ ... . *Rue Monsieur, 10.*
Mademoiselle de Bourbon-Condé, abbesse de Remiremont.
Comte de Beaumont.

DE CONDORCET.. *Rue Chantereine* (de la Victoire), 52.
Marquis de Condorcet.
Talma.
Joséphine de Beauharnais.
Général Bonaparte.
Général Lefèvre-Desnouettes.
Général Bertrand.
Abattu en 1860.

DE CONTADES... *Rue d'Anjou-Saint-Honoré, 11.*
De Lorraine.
De Contades.
Mairie du Ier, puis VIIIe arrondissement.

DE CONTI.......	*Rue de Grenelle, 101.*
	Le Voyer de Paulmy d'Argenson.
	Marquis de Rothelin.
	Baron de Presles.
	1716. Comte de Spare.
	1734. Legendre de Calandre.
	De Bourbon-Condé de Charollais.
	De Conti de la Marche.
	Ministère de l'Intérieur.
DE CONTI.......	*Quai de Conti.*
	Bâti sur l'emplacement de l'hôtel de Nevers, par F. Mansard, pour de Guénégaud.
	Princesse de Conti.
	Garde-meuble de la Couronne.
	Hôtel des monnaies.
DU CONTROLEUR GÉNÉRAL	*Rue Neuve-des-Petits-Champs.*
	De Lionne.
	Phélipeaux de Pontchartrain.
	Contrôle général des finances.
	Ministère des Finances sous l'Empire.
	Détruit par le passage Choiseul et le théâtre des Italiens.
DE COSNAC......	*Rue de l'Université, 33, 35,* entre les rues du Bac et de Poitiers.
	De Cosnac.
	De Nesle.
	Peut-être Montesquiou.
DE COSSÉ-BRISSAC.	*Rue des Saints-Pères, 56.*
	Bâti par Gittard, pour Marie de Cossé, veuve de Ch. de La Porte de la Meilleraie.
	1701. Claude Pécoil, dont la fille épousa le duc de Brissac.

DE LA COUR DES CHIENS *Rue du Mail, 27.*
De la Cour des Chiens, financier.
Hôtel garni de Mars, tenu par la
veuve du colonel Labédoyère.

DE CRÉQUI ..... *Rue des Poulies,* donnant dans
la rue de l'Oratoire.
Comte d'Etampes.
Comte de Clermont, 1405.
1622. Maréchal de Créqui, comte
de Saulx.
Vers 1710 abattu pour faire un
passage.
1780. Rue d'Angivilliers.
1863. Rue de Rivoli.

DE CRÉQUI...... *Rue de Grenelle-St-Germain, 9.*
Hôtel de Beauvais.
Filles de Sainte-Claire.
1771. Marquis de Créqui.
Général de l'Espinasse.
Coupé par le prolongement
de la rue des Saints-Pères.

DE CRÉQUI...... *Rue d'Anjou-Saint-Honoré, 25.*
De Créqui.
D'Alberg.
De Talleyrand.
Détruit par le boulevard Males-
herbes.

DE CRÉQUI...... *Rue Saint-Guillaume, 16.*
Denis Talon.
De Créqui.
De Béthune.

DE CRILLON .... *Place de la Concorde, 10.*
Bàti en 1763, sur les dessins de
Gabriel.

3

De Crillon.... *Place de la Concorde, 10.*
(*Suite*) Duc d'Aumont.
Comte de Crillon, 1788.
Ambassade d'Espagne.
Marquis de Crillon.

De Croy....... *Rue du Regard, 5.*
De Rothenbourg.
Prince de Croy.
Chevet, marchand de comestibles.

De Crozat..... *Place Vendôme, 17.*
Crozat du Chatel.
De Béthune.
Schikler.
Crédit Mobilier.

De Crussot.... *Rue Saint-Nicaise.*
De Crussol.
Détruit, place du Carrousel-Square.

De la Curée... *Rue Dauphine, 16, 18,* entre les rues de Nevers et de Nesles.
Hôtel de la Curée. (Plan Gomboust.)
1666. Henri de Lorraine, marquis de Mouy.
Rochebrune.
1755. Cafré, marchand horloger.
1787. Loge maçonnique des Neuf-Sœurs. (Lefeuve.)

De Damas d'Anlezy *Rue de Babylone,* près le boulevard des Invalides.
Duc de Damas d'Anlezy.

DE DANGEAU.... *Place Royale, 8.*
De Courcillon, marquis de Dangeau.

DE DANGEAU.... *Rue de Lille, 67 ou 75,* entre les rues de Poitiers et de Bellechasse.
Bâti 1706 par Bredot, pour le président Duret.
De Courcillon, marquis de Dangeau.
Comte d'Onzembray.
Comte de Nansouty.

DESMARETS..... *Rue Neuve-Saint-Augustin, 20.*
Robert Douilly.
Desmarets, grand fauconnier.
De Choiseul-Beaupré.
A été détruit par le coin de la rue de Choiseul.

DE DILLON..... *Rue Saint-Dominique, 111,* au coin de la rue de Bourgogne.
De Ravannes.
De Dillon, archevêque de Narbonne.
Fanny de Beauharnais.
Maréchal Davoust, prince d'Eckmühl.
De Chalais Périgord.

DE DURAS...... *Rue du Faubourg-Saint-Honoré,* entre les rues d'Aguesseau et de Duras.
Construit par G. Boffrand pour le maréchal de Duras.
Divisé en plusieurs lots.

ECURIES DE MADAME
LA Csse D'ARTOIS.. *Rue de Bourbon* (Lille), *1*.
M. Pidoux.
Ecuries de la comtesse d'Artois.
Comte Réal, préfet de police sous l'Empire.
1re division militaire.

ECURIES
DU LUXEMBOURG.. *Rue de Vaugirard*, au coin de la rue Garancière.
Princesse Palatine Anne de Bavière le fait construire pour les écuries d'Orléans.
Mademoiselle de Clermont, princesse de Bourbon-Condé.
Marie Anne de Savoie.
Comtesse de Mercy d'Argenteau.

ECURIES DE MONSIEUR *Rue de Monsieur*, *14*, donnant sur le boulevard des Invalides.
Ecuries de Monsieur.
Marquis de Bièvres.
De Saint-Firmin.
De Montesquiou.
Bénédictines du Saint-Sacrement.

D'EFFIAT....... *Rue Vieille-du-Temple*, *26, 28, 30*, presqu'en face la rue Sainte-Croix - de - la - Bretonnerie.
Maréchal d'Effiat, père de Cinq-Mars.
1668. Cl. Le Pelletier, prévôt des marchands.
Le Pelletier de Saint-Fargeau.

D'EGMONT . . . . .   *Rue du Faubourg-Saint-Honoré,*
        33.
        1714. Chevalier, président au
        Parlement.
        M. Legendre.
        Prince d'Egmont.
        Baron de Rothschild.
        Ambassade de Russie.
        Marquis de la Trémoille, sur le
        plan de la Caille de 1742.

D'EGMONT . . . . . .   *Rue Louis-le-Grand, 21, 23.*
        D'Egmont.

D'ELBEUF . . . . . .   *Rue de Vaugirard, 56,* entre
        les rues Ferou et du-Pot-de-
        Fer (Bonaparte).
        Kerveneau.
        1714. Elbeuf.
        1750. Robillard.
        1752. De Villette.

D'ELBEUF . . . . . .   *Rue Saint-Nicaise.*
        1626. De Lanquetot.
        1656. De Brue.
        1657. Maréchal de Créqui.
        1739. De Kerhoent de Coëtanfao.
        De Vieux-Pont.
        1755. d'Elbeuf.
        1838. Démoli, était à l'emplace-
        ment du Pavillon Mollien à
        peu près.

D'EPERNON . . . . .   *Rue Vieille-du-Temple, 124.*
        entre les rues Neuve-Saint-
        François (Debelleyme) et des
        Coutures-Saint-Gervais.
        De Caumartin.

D'ÉPERNON...... *Rue Vieille-du-Temple, 124,*
    (*Suite*)   entre les rues Neuve-Saint-
                     François (Debelleyme) et des
                     Coutures-Saint-Gervais.
                     D'Epernon.
                     Du Tillet de la Boussière.
                     De Montriblout.
                     Forme plusieurs lots actuelle-
                     ment.

D'ESCALOPIER... *Place Royale, 25.*
                     D'Escalopier.

D'ESCLIGNAC.... *Rue d'Anjou - Saint - Honoré ,*
                     entre les rues de Suresnes et
                     de la Ville-l'Evêque.
                     D'Esclignac.
                     D'Espagnac.

D'ESPINCHAL.... *Rue des Petites-Ecuries*, au coin
                     de la rue Poissonnière (fau-
                     bourg).
                     D'Espinchal.

D'ESTRÉES...... *Rue Barbette, 2, 4,* à l'angle de
                     la rue des Trois-Pavillons.
                     Bâti sur l'emplacement de l'hôtel
                     Barbette, pour le maréchal
                     d'Estrées, père de la belle Ga-
                     brielle.
                     De la Briffe, procureur général
                     au Parlement.
                     Bourée de Corberon.
                     Confisqué en 1793.
                     1810. Maison mère des Demoi-
                     selles de la Légion d'honneur.
                     1851. Ch. Camus, commission-
                     naire en produits chimiques.

D'ESTRÉES......   *Rue de l'Université*, *71*, entre les rues de Bellechasse et de Bourgogne.
1700. Marquise de Noailles.
Duchesse de Richelieu.
D'Estrées.
De Noailles.
Dépôt des archives de la Guerre.
Détruit par le boulevard Saint-Germain.

D'ESTRÉES......   *Place Vendôme, 9.*
Maréchal d'Estrées, comte d'Evreux.
M. J. Chénier.
Intendance de la liste civile sous Louis-Philippe.
Etat-major de la 1re division militaire.

D'ETAMPES......   *Quai des Grands-Augustins,* au coin de la rue Gilles-Cœur, jusqu'à la rue de l'Hirondelle.
Les évêques de Chartres.
Connétable L. de Sancerre.
Evêques de Clermont.
Dauvet, maître des requêtes.
Anne de Pisseleu, duchesse d'Etampes.
Hôtel d'O, au président Séguier.
De Luynes.

D'EVREUX......   *Rue du Faubourg-St-Honoré, 57.*
1718. Bâti pour le comte d'Evreux.
De Pompadour.
Hôtel des Ambassadeurs extraordinaires.

D'Evreux ...... (*Suite*)	*Rue du Faubourg-St-Honoré*, 57. 1773. Beaujon. Prince Joachim Murat, gouverneur de Paris. Palais de l'Elysée.
De la Fare.....	*Place Vendôme, 8,* pan coupé sud. De La Fare.
De Faudoas	*Rues des Saussaies, 8, 10,* contre la rue du Marché-d'Aguesseau et près la place de la Ville-l'Evêque. De Faudoas. De la Briffe. De Saint-Florentin. De Champlatreux.
De la Fayette..	*Rue d'Anjou-Saint-Honoré, 6.* De La Fayette. Docteur Magendie.
De Fénelon	*Ile Saint-Louis* au bout de la rue de Saint-Louis-en-l'Ile, contre l'hôtel de Bretonvilliers, au coin du quai de Béthune. De Fénelon.
Des Fermes ou de la Douane.	*Rue de Grenelle-Saint-Honoré* (J.-J. Rousseau), 45, et rue du Bouloi. 1560. I. Gaillard, veuve du président Baillet, 1573. Princesse de Condé. Son fils Charles de Soissons. 1605. Duc de Montpensier.

DES FERMES OU DE LA DOUANE. (*Suite*)

Rue de Grenelle-Saint-Honoré, (J.-J. Rousseau), 45, et rue du Bouloi.
1612. Duc de Bellegarde.
1633. Chancelier Séguier, qui le reconstruisit.
Académie française.
Vers la fin du xviie siècle, bureau des Fermiers Généraux, s'appelle maintenant Cour des Fermes.

DE FEUCHÈRES..

Place Vendôme, 18.
Dainval.
Baronne de Feuchères.
Aguado, marquis de Las Marismas.

DE LA FEUILLADE

Entre les rues Neuve-des-Petits-Champs, des Fossés-Montmartre et du Petit-Reposoir.
De la Ferté-Senecterre.
De la Feuillade, qui le fit démolir pour faire la place des Victoires.

DE FEUQUIÈRES.

Rue de Grenelle-St-Germain, 7.
Hôtel de Beauvais.
Filles de Sainte-Claire.
De Feuquières.
Baron Boyer.
Mairie de l'ancien Xe arrondissement.
Coupé par le prolongement de la rue des Saints-Pères.

DE FEUQUIÈRES.

Rue du Faubourg-Saint-Honoré, en face la rue d'Anjou.
Lefort.
Marquis de Feuquières.

LE FÈVRE....... *Rue Geoffroy-l'Asnier, 26, 28.*
De la Chaise.
1608. Le Fèvre de la Boderie, conseiller d'Etat.
1615. Robert-Arnaud d'Andilly.
1624. Perrochel, maître d'hôtel du Roi.
1625. Chalons.
1659. Luxembourg du Masset.
1772. De Gadicourt, maître des comptes.
1779. Polissard.

DE FIEUBET..... *Quai des Célestins,* au coin de la rue du Petit-Musc.
Bâti sur l'emplacement de l'ancien hôtel de Saint-Paul.
De Combourg.
De Fieubet.
De Gaucourt.
1813. De Mareuil.
M. de Lavalette.
Ecole des Pères de l'Oratoire.

DE FLANDRE.... Entre les rues des *Vieux-Augustins, Pagevin, Platrière, Coquillière.*
Comte de Flandre.
Ducs de Bourgogne.
Ducs de Brabant.
Ducs de Bourgogne, comtes de Flandre.
1543. Démoli pour bâtir.
Terrain occupé depuis par les hôtels de Chamillart, d'Armenonville, de Bullion, etc.

DE FORCALQUIER   *Rue de Bourbon* (Lille), 119.
De Forcalquier.
Marquis de La Fayette.

DE LA FORCE...   *Rue des Saints-Pères, 48,* en face la rue Taranne.
Saint-Simon.
1715. De La Force.
De La Rochefoucauld.
Augereau, duc de Castiglione, maréchal de France.
Détruit par le boulevard Saint-Germain.

DE LA FORCE....   *Rue du Roi-de-Sicile,* 2.
Hôtel de Sicile.
De Roquelaure.
De Longueville, comte de Saint-Pol. (Hôtel Saint-Pol.)
Bouthiller, comte de Chavigni.
Beuzelin de Bosmelet.
De Caumont, duc de la Force.
J. Poultier, intendant des Finances.
Les frères Paris, financiers.
Prisons de la Force.—La Petite-Force, rue Pavée. La Grande-Force, rue du Roi-de-Sicile.
Détruit, remplacé par la rue Malher.

DE LA FORCE ...   *Rue du Louvre,* à la place du pavillon *Est* du Louvre.
Guillaume de Bavière, comte d'Ostrevant.
1410. Duc d'Alençon.
1577. Des Hayes.
De Grimonville, seigneur de l'Archant.

DE LA FORCE.... *Rue du Louvre* à la place du
(*Suite*) pavillon *Est* du Louvre.
1667. Hôtel de la Force.
1667. Acheté pour agrandir le
Louvre, il en resta une portion
appelée la Capitainerie du
Louvre puis le Gouvernement,
détruit en 1806 pour la place
de l'Oratoire, et finalement la
rue de Rivoli.

DE FOUGÈRES... *Place de la Concorde, 8.*
Bâti vers 1772, sur les dessins de
Gabriel.
Pierre-Louis Moreau.
Lambert de Fougères.
Péan de Saint-Gilles, notaire.

FOULLON........ *Boulevard du Temple*, près le
Faubourg.
De Chavanne.
Rouvroy de Saint-Simon.
1778. Foullon, comte de Mo-
rangis.
Théâtre-Historique d'Alexandre
Dumas.
Théâtre-Lyrique.
Place du Château-d'Eau.

FOUQUET .... *Rue du Temple, 101, 103,* au
coin de la rue Courtauvil-
lain.
Fouquet, procureur général.

DE FOURCY ..... *Rue de Jouy, 9,* à côté de l'hôtel
d'Aumont.
H. de Fourcy, prévôt des marchands, 1684-1692.

DE FRAIGNES....	*Rue des Saints-Pères, 10.* De Fraignes. De Polignac ?
DE GALIFFET ...	*Rue du Bac, 84,* entre les rues de Grenelle et de Varennes. Marquis de Galiffet. 1816. Duc de Richelieu. Démoli en partie.
DE GAMACHES...	*Rue de Verneuil, 2,* au coin de la rue des Saints-Pères. Pidoux. De Gamaches. De Fraignes.
DE LA GARDE...	*Place Vendôme, 20.* De la Garde.
DE GENSAC......	*Rue de l'Université, 2, 4, ou 6.* De Gensac.
DE GERVAIS.....	*Rue de la Ferronnerie,* au coin de la rue des Déchargeurs. M. Gervais (plan Gomboust, 1652). De Tilleras, officier du Roi. Lepage, poète lyrique.
DE GESVRES.....	*Rue Coq-Héron, 3, 5, 7,* au coin de la rue Coquillière. 1652. Duval de Fontenay-Mareuil. De Chamillard, ministre. De Gesvres. Maréchal de Coigny. Comte de Marcay. 1709. Delessert, banquiers. Casimir Périer. Paul Dupont. A été appelé aussi Penottier.

DE GESVRES.....   *Rue Neuve-St-Augustin,* entre les rues Ste-Anne et Gaillon.
De Boisfranc.
De Tresmes.
Duc de Gesvres.
Actuellement passage Choiseul.

DE GESVRES ....   *Rue Croix-des-Petits-Champs.*
De la Bazinière ?
De Gesvres.

LES GOBELINS ..   *Rue Mouffetard* (avenue des Gobelins).
Bâti 1662-1667, pour une manufacture de meubles destinés aux maisons royales.

DE GOUBERT....   *Rue de l'Université, 36,* près la rue de Beaune.
De Goubert.

DE GOUFFIER...   *Rue de Varennes, 56.*
De Gouffier, marquis de Thoix.
Chaumont de la Galaizière, 1768

DE GOURNAY....   *Rue de Charenton,* près la rue Traversière.
De Gournay.

DE GOUY D'ARCY.   *Rue de Provence,* entre la rue de la Chaussée-d'Antin et les écuries d'Orléans.
Marquis de Gouy-d'Arcy.

DE GRAMONT....   *Rue Grange-Batelière*(Drouot,1), au coin du boulevard.
Duchesse de Gramont.
Opéra et dépendances, incendié en 1873.

De Gramont....
(*Suite*)
    Rue Grange-Batelière(Drouot,1),
    au coin du boulevard.
    Maisons particulières.

De Gramont....
    Rue de Bourbon, 89 ? (Lille).
    Marquis de Gramont.
    Coupé par le boulevard Saint-
    Germain.

De Gramont....
    Rue Neuve-Saint-Augustin.
    Monerot, partisan.
    De Gramont.
    Abattu pour le passage de la rue
    Saint-Anne, en prolongement
    sur le boulevard.

Du Gué........
    Rue du Regard, 3.
    Mademoiselle du Gué.

De Guébriant..
    Rue du Faubourg-St-Honoré,35,
    contre l'hôtel Charost.
    1714. Madame Le Vieulx.
    Président Montigny.
    De Guébriant.
    Péreire, banquier.

De Guéménée...
    Place Royale, 6, impasse Gué-
    ménée.
    Maréchal de Lavardin.
    Marion Delorme.
    De Rohan-Guéménée.
    Victor Hugo.
    Pension Jauffret.
    Ecole municipale de filles.

De la Guiche..
    Rue du Regard, 15, 17.
    Le 15. — De l'Espare, comte de
    Lassay.

DE LA GUICHE.. *(Suite)*	*Rue du Regard, 15, 17.* De la Guiche. Chastenay de Lanty. Le 17. — De la Guiche. D'Aligre. Devillas. Hospice Devillas.
DE LA GUISTADE	*Rue de Verneuil, 30.* De la Guistade.
D'HARCOURT....	*Rue de Grenelle, 79, 81.* Le 79. — D'Estrées. De Biron. D'Este Modène. De Beuvron d'Harcourt. Duc de Feltre. De Tourzel. Duchesse D'Escars. Le 81. — Montmorency-Luxem- bourg. De Beuvron d'Harcourt.
D'HARCOURT....	*Rue de l'Université, 106.* Duc d'Harcourt. Dépôt de la Guerre sous l'em- pire.
DE HARLAY	*Rue Saint-Claude, 1,* au coin du boulevard. De Harlay. Boutillier de Chavigny. Marquise d'Orvillé. Comte de Cagliostro.
D'HARVELAY	*Rue Laffitte, 19.* Micault d'Harvelay.

D'Havrincourt .   *Rue Saint-Dominique, 23.*
                   Comte d'Havrincourt.

D'Hémery ......   *Rue Neuve-des-Petits-Champs,*en
                   face l'hôtel de la Vrillière.
                   D'Hémery (plan Gomboust).
                   1685. Acheté par la ville pour
                   la construction de la place des
                   Victoires.

D'Hercule . ...   *Quai des Grands-Augustins,*
                   à l'angle de la rue des Grands-
                   Augustins.
                   Comte de Sancerre.
                   De la Driesche.
                   Hallevin de Piennes.
                   Guillaume de Poitiers de Clé-
                   rieu.
                   Le roi de France.
                   Chancelier Du Prat.
                   On y tint,sous Henri III, le cha-
                   pître de l'ordre du Saint-Es-
                   prit.

D'Hervalt .....   *Rue des Vieux-Augustins* (d'Ar
                   gout), *12.*
                   D'Hervalt (sur le plan Gom-
                   boust).
                   Bellanger, lieutenant particulier
                   au Châtelet.
                   1793. Hôtel garni, où descendit
                   Charlotte Corday.
                   Caisse d'épargne.

De Hinisdal....   *Rue de Vaugirard,* au coin de
                   la rue Cassette.
                   De Brissac.
                   De Hinisdal.

4

De Hollande...   *Rue Vieille-du-Temple, 47*, au coin de la rue des Blancs-Manteaux.
De Rieux de Rochefort.
Amelot de Biseuil.
Letellier, architecte du roi.
Les ambassadeurs de Hollande.
Beaumarchais y habita, dit-on.

De l'Hopital...   *Rue du Temple*, près le boulevard, au coin de la rue Vendôme.
Marqué sur le plan Jaillot, mais n'existe plus depuis longtemps.
Magasin de nouveautés du *Pauvre Jacques*.
Occupait la place du pan coupé de la rue du Temple, sur la place du Château-d'Eau.

D'Humières.....   *Rue de Bourbon*, presque au coin de la rue de Bourgogne.
Bâti par Mollet.
Marquis d'Humières.
Montmorency.
Germain, conventionnel.
Maréchal Mortier, duc de Trévise, 1835.
Détruit par le boulevard Saint-Germain.

D'Imécourt.....   *Rue Boudreau, 1*, à l'angle de la rue Trudon.
D'Imécourt.
Schneider.
Entamé par la rue Auber.

DE L'INTENDANT
DE PARIS...... *Rue de Vendôme*, contre l'en-
clos du Temple, en face le
passage Vendôme.
Beausire.
1752. Durey d'Arnoncourt.
Berthier de Sauvigny, intendant
de la Généralité de Paris.
Général comte Friant.
Mairie de l'ancien IIIe arrondissement.

D'ISENGHIEN..... *Rue de Grenelle*, près la rue du
Bac.
D'Isenghien.

DE JARNAC...... *Rue de Monsieur, 8.*
Comte de Jarnac.
1829. Comte de Villèle.
Pères Barnabites.

DE JASSAUD..... *Ile St-Louis, quai de Bourbon, 19*,
presque au coin de la rue de
la Femme-sans-Tête, maintenant Regrattier.
Façade à 3 frontons.
De Jassaud.

DE JAUCOURT ... *Rue de Varennes, 47.*
Près la rue du Bac.
Comte de Jaucourt.
Bâti par Antoine, architecte du
roi.

JOLY DE BLAIZY.. *Rue Saint-Guillaume* (des Ro-
ziers).
Joly de Blaizy.
Legoux de la Berchère de Rochepot.

JOLY DE FLEURY.
Rue Hautefeuille, au coin de la rue des Deux-Portes.
Hôtel de Foretz ?
Joly de Fleury.
Editeur de l'Almanach royal.
Détruit par le boulevard Saint-Germain.

DE JOUY.........
Rue de Jouy.
Les abbés de Jouy.

DE JOYEUSE.....
Rue Saint-Honoré, à côté de l'Assomption.
1575. La Trémoille.
1580. Henri de Joyeuse, comte du Bouchage.
Les Minimes.
La Rochefoucauld, évêque de Clermont.
1605. Les Jésuites.
1623. Marguerite de Gondi, marquise de Maignelay.
1639. Les capucins et les dames de l'Assomption.

DE KUNSKY .....
Rue Saint-Dominique, 117.
Princesse de Kunsky.

LAFFITTE ....
Rue Laffitte, 23.
Comte de Laborde.
Duchesse de Mouchy.
Rougevin, architecte.
Jacques Laffitte, banquier.
Princesse de La Moskowa.
Ecorné par derrière par la rue Lafayette.

LAMBERT........ *Rue Saint-Louis-en-l'Ile, 2.*
Bâti par L. Levau pour le pré-
sident Lambert de Thori-
gny.
Dupin, fermier général.
Marquis du Châtelet-Laumont.
Delahaye, fermier général.
De Montalivet.
Lits militaires.
Princesse Czartoriska.

DE LAMOIGNON.. *Rue Pavée,* au coin de la rue
des Francs-Bourgeois.
Porcherie Saint-Antoine.
Robert de Beauvais.
1581. Duc d'Angoulême.
Charles de Valois, comte d'A-
lais.
1684. De Lamoignon.
Grand hôtel — 1791. M. Bour-
sier.
Petit hôtel — 1791. Marquise de
Livry.
De Nicolaï.

DE LAMOIGNON.. *Rue de Grenelle, 105 ou 107.*
En face les Carmélites.
De Lamoignon.

DE LASSAI ET PA-
LAIS-BOURBON. *Rue de l'Université,* à côté du
Palais-Bourbon.
De Lassai.
Devenu Petit-Bourbon, lorsqu'il
fut acheté par le prince de
Condé qui le réunit au Palais-
Bourbon. — Corps législatif
sous le Directoire.
Hôtel du président de la Cham-
bre des députés.

De Lauragais ..	*Rue de Bourbon* (Lille, 19). De Lauragais, duc de Brancas. Librairie Treuttel et Wurtz.
De Lauragais ..	*Rue de Varennes*, entre la rue du Bac et l'hospice des Convalescents. Abbé de Fontenille. Duc de Lauragais.
De Lautrec	*Quai des Théatins* (Malaquais), au coin de la rúe des Petits-Augustins (Bonaparte). Loménie de Brienne. Comte de Lautrec. Duchesse de Lauzun. De La Roche-sur-Yon, 1733. Fit à plusieurs reprises partie de l'hôtel voisin appelé Mazarin. Pris en partie par l'École des Beaux-Arts.
De Laval......	*Rue Notre-Dame-des-Champs*, près la rue de Fleurus. De Montmorency-Laval. Raffinerie Santerre.
De Laval.......	*Rue Coquillière*, entre les rues du Jour et Plâtrière (J.-J. Rousseau). Bâti par Mansard, pour Ch. de l'Aubespine, marquis de Châteauneuf. 1765. De Laval. De la Granville, sous Louis XVI, Aguado de las Marismas. Démoli pour des maisons particulières.

DE LENCLOS..... *Rue des Tournelles, 28*, et boulevard Beaumarchais.
Jules-Hardouin Mansard.
Mansard, comte de Sagonne.
Ninon de Lenclos.

DE LESDIGUIÈRES *Rue de la Cerisaie.*
Bâti pour Sébastien Zamet, financier (seigneur de dix-huit cent mille écus).
François de Bonne, duc de Lesdiguières.
Françoise de Gondi de Retz, veuve de Bonne de Crequi, duc de Lesdiguières.
1716. De Neuville, duc de Villeroi.
1717. Pierre le Grand y habite.
Vendu pour le percement de la rue de Lesdiguières.
Achevé de détruire par le boulevard Henri IV.

DU LIEUTENANT CIVIL......... *Rue Bourgtibourg, 15, 17, 19.*
De Nicolaï.
D'Argouges.
1780. D'Outremont.

DU LIEUTENANT DE POLICE..... *Rue Neuve-Saint-Augustin,* au coin de la rue de Gramont.
De Sartines, lieutenant de police.
Pourrait bien être le même que l'hôtel Gramont.

DE LIGNERAC.... *Rue Saint-Dominique, 109*, au coin de la rue de Bourgogne.
De Broglie.
Comte de Lignerac.
Docteur Corvisart.

De Ligny.......   *Rue du Bac, 26* ? entre les rues
                  de l'Université et de Verneuil.
                  Comte de Ligny.

De Longueville   *Rue des Poulies.*
                  Hôtel d'Hostriche ou d'Autriche.
                  Enguerrand de Marigny.
                  H. d'Alençon.
                  De Neufville de Villeroi.
                  1573. d'Anjou.
                  De Longueville.
                  Marquis d'Antin, surintendant
                  des finances.
                  1738. Administration des Postes.
                  1758. Démoli pour dégager le
                  Louvre.
                  Emplacement, Jardin et rue du
                  Louvre.

De Longueville   *Rue Saint-Thomas-du-Louvre*, et
                  rue Saint-Nicaise.
                  De La Vieuville.
                  1620. De Luynes.
                  De Chevreuse.
                  D'Epernon.
                  De Longueville.
                  1749. Ferme du Tabac.
                  Square du Carrousel.

De Lorges......   *Rue de Sèvres, 95,* en face les
                  Incurables.
                  Duc de Lorges.
                  1816. Les Lazaristes.

De Lorraine....   *Rue Pavée,* au Marais, *11, 13,
                  15, 17,* en face de l'hôtel de
                  La Force.
                  1404. De Savoisi.
                  De Muzeau, trésorier.

Dé Lorraine... (*Suite*)	*Rue Pavée*, au Marais, *11, 13* *15, 17*, en face de l'hôtel de La Force. De Savari. 1543. Amiral de Chabot. 1634. De Lorraine. Comte Desmarets. Marquis d'Herbouville.
De Louvois.....	*Rue Richelieu*, en face la rue Colbert. Bâti par Chamois. De Louvois. 1808. Salle de l'Opéra où fut assassiné le duc de Berri, en 1820. Maintenant place Louvois.
De Louvois de Lassale......	*Rue d'Anjou-Saint-Honoré*, *12*. Comte de Lassale, marquis de Louvois.
De Lubert.....	*Rue de Cléry*, entre les rues Montmartre et Poissonnière, près la rue Mulhouse. Robert Poquelin. De Lubert. 1778. Lebrun, mari de Madame Vigier-Lebrun.
Du Lude.......	*Rue Payenne*, *11, 13*. De Daillon, comte du Lude. Madame de Maintenon? De Maupeou.
Du Lude.......	*Rue Saint-Dominique*, *62*. Bâti par de Cotte. Président Duret.

Du Lude....... (*Suite*)	*Rue Saint-Dominique, 62.* De Roquelaure du Lude. De Montmort et de Cosnac. Bosnier de la Moisson. Conti. Maréchal Kellermann, duc de Valmy. Ministère de l'Agriculture et du Commerce.
Du Lude.......	*Rue du Bouloi, 8, 10.* H. de Daillon, comte du Lude.
De Lussan.. ...	*Rue Croix-des-Petits-Champs, 38.* De Lussan. Mont-de-Piété. Tripier, avocat.
De Luxembourg	*Rue Saint-Honoré,* contigu aux Filles de la Conception, vis-à-vis l'Assomption. Maréchal de Luxembourg-Piney. Démoli vers 1725, pour le percement de la rue de Luxembourg.
De Luxembourg	*Rue Saint-Marc.* Bâti en 1704, par Lassurance, pour Thomas de Rivié, secrétaire du roi. Desmarets, contrôleur des finances. Duc de Montmorency-Luxembourg. Sur son emplacement fut construit le passage des Panoramas en 1800, et en 1808 le théâtre des Variétés.

PALAIS
DE LUXEMBOURG.   *Rue de Vaugirard*, en face la rue
    de Tournon.
De Harlay de Sanci.
Duc de Piney-Luxembourg.
Marie de Médicis.
Palais d'Orléans.
Duchesse de Montpensier.
Elisabeth d'Orléans, duchesse
    de Guise et d'Alençon.
Duchesse de Brunswick.
Mademoiselle d'Orléans, reine
    douairière d'Espagne.
Monsieur, frère du roi Louis XVI.
Palais du Directoire.
Palais de la Chambre des Pairs
    ou du Sénat.

DE LYON.......   *Rue Saint-André-des-Arcs*, con-
    tre la rue Contrescarpe.
De Navarre.
De Buci.
Archevêques de Lyon.

DE LYONNE.....   *Rue Beautreillis*, *14*.
Partie de l'hôtel de Charny qui
    occupait les numéros 12, 14,
    16. 18, 20.
De Lyonne.

DE MACHAULT...   *Rue du Grand-Chantier* (des
    Archives), entre les rues Por-
    tefoin et Pastourelle.
1642. Lefebvre de Mormant.
De Machault d'Arnouville.

DE MACHAULT...   *Rue Beautreillis*, *22*.
De Charny.
De Machault.
Du Noyer de Noirmont.

DE MAILLÉ.....   *Rue Neuve-St-Paul* (CharlesV).
De Maillé.
De Beaufort-Canillac.

DE MAILLEBOIS..   *Rue de Grenelle,102* ou *104,*près
la rue Bellechasse.
Comte de Maillebois.

DE MAILLY .....   *Rue du Beaume, 2,*au coin du quai
Voltaire, l'entrée rue du Bac.
De Mailly d'Aumont.
Duc de Mazarin.
An XII. Amiral de la Crosse.
1809. Guénoux, notaire.
1830. Comte de Flavigny.
1848. Considérant, libraire et
fouriériste.
Journal de *la Démocratie paci-*
fique.
Cercle agricole.
Sur le plan Jaillot, cet hôtel est
divisé en deux : Mailly et
Aumont.

DE MAILLY......   *Rue   Notre-Dame-des-Champs ,*
*22,*près la rue Montparnasse.
Chenard d'Honcourt.
Chenard de Bugny.
De Villers.
De Mailly.
De Mailly de Rubempré.
De Pons.
Collège Stanislas.

DE MAILLY......   *Rue de l'Université, 53,*à côté de
l'hôtel de Soyecourt, près la
rue de Bellechasse.
Comte d'Auvergne.
Duc de Bouillon.

DE MAILLY..... *(Suite)*	*Rue de l'Université, 53,* à côté de l'hôtel de Soyecourt, près la rue de Bellechasse. Comte de Mailly, marquis d'Haucourt.
DU MAINE......	*Rue de Bourbon* (Lille, 92). Bâti par de Cotte. Duc du Maine. Prince de Dombes. De Croy d'Havrech. Sous l'Empire, habité par le ministre de la Guerre. Atteint par le boulevard Saint-Germain.
DE MAISONS.....	*Rue de l'Université, 47,* à côté de l'hôtel de Soyecourt, en face la rue de Poitiers. Bâti par Lassurance. Président de Maisons. 1708. Marquise de La Belleforière. D'Angervilliers, ministre de la Guerre.
MALLET........	*Rue de la Chaussée-d'Antin, 13.* Bourct de Vézelai. Radix de Sainte-Foix. Marquis de Briges. Arrighi de Padoue. Mallet, banquiers. Compagnie du chemin de fer d'Orléans. Détruit par la rue Meyerbeer.
MANSARD.......	*Place Louis-le-Grand* (Vendôme, 7), pan coupé Ouest. Mansard, architecte.

MANSARD....... (*Suite*)	*Place Louis-le-Grand* (Vendôme, 7), pan coupé Ouest. Le Bas de Montargis. De la Grange. Vergniaud. Etat-major de la place de Paris.
MANUFACTURE DE GLACES.......	*Rue de Reuilly*. Fondée en 1634 par Colbert. Maintenant caserne de Reuilly.
DE LA MARCK...	*Rue d'Aguesseau*, au coin de la rue de Suresnes. Comte de La Marck-Aremberg.
DE MARIGNY....	*Rue Saint-Thomas-du-Louvre*, en face l'hôtel de Longueville. De Pontchartrain ou de Phélippeaux. De Lesdiguières. De Marigny. Détruit par le prolongement du Louvre et le raccord aux Tuileries.
MARINE........ (Ministère de la)	*Place de la Concorde, 2,* au coin des rues Royale et de Saint-Florentin. Bâti 1763-72, sur les dessins de Gabriel. Garde-meuble de la Couronne. Ministère de la Marine.
DE MARLE......	*Rue du Foin*, au coin de la rue Boutebrie. 1541. Martin Fumée. 1550. De Marle. 1650. Hôtel de Bourbon. 1772. Rousseau.

De Marle...... (*Suite*)	*Rue du Foin*, au coin de la rue Boutebrie. Détruit par le boulevard Saint-Germain.
De Mar	*Rue Neuve-Saint-Augustin*, 22. 1730. Maréchal d'Uxelles. De Ferriol. Lallemand de Betz de Nanteau. Madame de Marsan. Mademoiselle Mars. Visconti, architecte.
De Matignon...	*Rue de Varennes*, 53. Bâti par Cortonne. De Montmorency , prince de Tingry. De Matignon, comte de Thorigny. De Monaco. De Valentinois. 1812. Talleyrand. 1848. Général Cavaignac, chef du Pouvoir exécutif. Baroche, présîdent du Conseil d'Etat. Duc de Galiera. 1879. Le comte de Paris. Le petit hôtel de Matignon donnait rue de Babylone.
De Matignon...	*Rue Saini-Dominique*, au coin de la rue des Rosiers devenue Saint-Guillaume. De Cavois. De Matignon. D'Onzembray. Détruit par le boulevard Saint-Germain.

DE MAUREPAS... *Rue de Grenelle, 75*, presque au coin de la rue du Bac.
Cardinal d'Estrées.
Egon, comte de Fustemberg.
De Tessé.
Phélyppeaux de la Vrillière.
Phélyppeaux de Maurepas.
Du Plessis de Richelieu d'Aiguillon.
Moreton de Chabrillant.
De Talmond.
De La Rochejacquelein.
De Galiffet.
Lafond.

DE MAYENNE.... *Rue Saint-Antoine*, au coin de la rue du Petit-Musc.
Hôtel du Petit-Musc et du Pont-Perrin.
Englobé dans l'hôtel royal de Saint-Paul.
Séjour d'Etampes.
Duc de Mayenne.
De Vaudémont.
D'Ormesson.
Institution Favard.

DE MAZARIN .... *Rue de Varennes*, au coin de la rue Vanneau.
De Roise, conseiller au Parlement.
Grand prieur de Vendôme.
Marquis de La Tour-Maubourg.
De Mailly, duchesse de Mazarin et de La Meilleraye.
Divisé en 2 lots :
L'un : Duprat, marquis de Barbançon.
De Rohan.

De Mazarin....
(*Suite*)

Rue de Varennes au coin de la rue Vanneau.
De Chimay.
Madame Tallien, princesse de Chimay.
L'autre : La Trémoille, prince de Talmond, duc de Chatellerault.
De Rohan-Chabot, prince de Léon.
Duc de Montebello.
Rougevin, architecte 1826.
Coupé en deux par la rue de Mademoiselle, devenue rue Vanneau, en 1830.

De Mazarin ....

Rue Neuve-des-Petits-Champs, rue Vivienne et rue Richelieu.
Duret de Chévri.
Jacques Tubœuf.
Cardinal Mazarin.
Bureaux de la Compagnie des Indes, et hôtel de Nevers.
Ministère du Trésor et bibliothèque impériale.
Bibliothèque royale, impériale, nationale.

De Ménars.....

Rue Richelieu, à la porte Richelieu, à l'impasse Ménars.
De Grancey et Jardin Thévenin.
Président Ménars.
Boutin, trésorier de la Marine.
1807. Bureau des Petites Affiches.
Sur son emplacement rues Ménars et du Quatre-Septembre.

DES MENUS-PLAISIRS *Rue Bergère*, faubourg Poissonnière et rue Richer.
Comte de Charollais.
Les Menus Plaisirs du Roi.
Conservatoire de musique.
Eglise St-Eugène et rue Sainte-Cécile.

DE MESGRIGNY.. *Rue de l'Université, 23.*
Marquis de Mesgrigny.

DE MESMES..... *Rue Sainte-Avoie* (du Temple), 71. Entre les rues de Braque et des Blancs-Manteaux.
Bâti par Le Muet et réparé par Bullet et Boffrand.
Séjour d'Orléans.
De Montmorenci.
De Mesmes.
Banque générale de Law.
Recette générale des finances.
Droits réunis sous l'Empire.
Détruit par la rue de Rambuteau.

DE MÉZIÈRES.... *Rue de Varennes.*
D'Etampes.
De Polignac.
Marquis de Béthizy-Mézières.
De Rohan.
Détruit par la rue Barbet-de-Jouy, en 1838.

DE MÉZIÈRES.... *Rue de Mézières* et du Pot-de-Fer.
De Mézières.
1610. Noviciat des Jésuites.

De La Michodière *Rue du Grand-Chantier, 6* (des Archives).
De la Michodière, comte d'Hauteville.
Sallier, président à la Cour des Aides.
Comtesse de Bullion, née de Gourges.

De Mirabeau... *Rue de Seine, 10.*
Partie de l'hôtel de la Reine Marguerite.
De Courmont.
Marquis de Mirabeau.

De Mirepoix ... *Rue Saint-Dominique, 104.*
Maréchal de Mirepoix.
Merlin de Douai, conventionel.

De Miromesnil . *Rue Richelieu,* près l'hôtel de Louvois, en face la bibliothèque.
Jars de Rochechouart.
De Coislin.
De Miromesnil , garde des sceaux.

· De Monaco.. .. *Rue Beautreillis, 10.*
De Monaco, duc de Valentinois.
Valton, officier du roi Louis XVI.

De Monaco..... *Rue Saint-Dominique, 129, 131, 133 ,* presque au coin de l'esplanade des Invalides.
De Monaco.
Arnauld de Pomponne.
Prince de Wagram.
Baron Hope.
Baron Seillière.

DE LA MONNAIE.	*Rue de la Monnaie.* Hôtel de la Monnaie. Démoli, 1778, pour percer les rues Boucher et Estienne. Magasins de confections du Pont-Neuf.
DE MONTALEMBERT	*Rue de la Roquette,* entre les rues de Basfroi et la prison de la Roquette. Desnoyers, financier. De Biron. Comte de Clermont. Marquis de Montalembert. Détruit par le boulevard et la place Voltaire.
DE MONTATAIRE.	*Rue Saint-Guillaume.* De Montataire.
DE MONTBAZON..	*Rue du Faubourg-St-Honoré, 29.* Bâti par Lassurance, 1719. Duchesse de Montbazon. 1751. Richard, fermier général. Richard de La Bretesche. Madame de Saint-Sauveur. De Belletrux. Desèze. 1819. De Lapeyrière. 1823. Comte de La Panouse.
DE MONTBAZON..	*Rue de Béthizy, 20.* Amiral Coligny, qui y fut assassiné, 1572. De Montbazon. Détruit par la rue de Rivoli.

De Montchevreuil   *Rue de Verneuil, 17*, 4 portes avant la rue de Beaune.
De Montchevreuil.

De Monteclerc.   *Rue Cherche-Midi, 9.*
Ecuries de Montmorency.
De Monteclerc.
Maillé Saint-Priest.

De Montesquiou   *Rue de Verneuil*, entre les rues du Bac et de Poitiers.
Duc de Montesquiou, ministre de l'Intérieur et académicien.

De Montesson..   *Rue de Provence*, entre les rues de la Chaussée-d'Antin et Taitbout.
Pavillon d'Orléans.
Madame de Montesson.
Ouvrard, financier, fournisseur des armées.
Prince de Schwartzemberg, ambassadeur d'Autriche.
Cité d'Antin actuellement.

De Montfermeil   *Rue de la Chaussée-d'Antin,* au coin de la rue Saint-Lazare.
Président Hocquart.
Hocquart de Montfermeil.
Cardinal Fesch.
Démoli par la rue de Châteaudun.

De Montholon.   *Boulevard Poissonnière,* entre les rues Montmartre et Saint-Fiacre, touchant par derrière l'hôtel d'Uzès.
Bâti par Soufflot le Romain.

DE MONTHOLON.
(*Suite*)

Boulevàrd Poissonnière, entre les rues Montmartre et St-Fiacre, tombant par derrière l'hôtel d'Uzès.
De Montholon.
Marquis Lelièvre de Lagrange.
Tapis d'Aubusson (Dépôt des).
Chaix d'Est-Ange.

DE MONTMORENCY

Rue de Bourbon (Lille), *3.*
De Créquy.
De Montmorency.
Général de Muy.

DE MONTMORENCY

Rue Saint-Dominique, 67.
Bâti par Germain Boffand.
Amelot de Gournay.
Maréchal de Montmorency - Luxembourg, prince de Tingry.
Comte de Guerchy.
D'Haussonville.
Maintenant sur le boulevard Saint-Germain.

DE MONTMORENCY

Rue du Cherche-Midi, 15.
Monseigneur de Viviers.
Comte de Chatillon.
1720, Sigismond de Montmorency.
Antoine Chaumont.

DE MONTMORENCY
(PETIT HÔTEL)

Rue Basse du Rempart et rue de la Chaussée-d'Antin, 1, au coin.
De Montmorency.
Rebâti depuis ; à la place se trouve maintenant le Théâtre du Vaudeville.

De Montmorin..   *Rue Plumet* (Oudinot), *27*, presque en face la rue de Monsieur.
Comte de Montmorin.
Général comte Rapp.
F. F. de la Doctrine Chrétienne.

De Montmort ..   *Rue Saint-Avoie* (du Temple), vis-à-vis la rue de Braque.
De Montmort.
De Rochechouart.
De Montholon.
N'a peut-être fait qu'un avec l'hôtel de Caumartin, situé à côté.

De Montréal..   *Rue du Regard, 24.*
De Montréal.

De Morstin....   *Quai des Théatins* (Malaquais), au coin à gauche en entrant dans la rue des Saints-Pères.
Falcony.
De Morstin, Grand Trésorier de Pologne.
Comtesse de Valtenay.
De Bandeville.

De Mortagne...   *Rue de Charonne*, *5 1*, en face la rue Sainte-Marguerite.
La Folie Nourry.
De Mortagne.
Vaucanson.

De Mortemart..   *Rue de l'Université*, *17*, en face la rue de Beaune.
Bochard de Saron.
Comte de Menou.
De Mortemart.

DE MORTEMART..	*Rue Saint-Dominique, 21.* De Mortemart.
DE MORTEMART.	*Rue Saint-Guillaume, 14,* au coin de la rue, côté Nord. De Mortemart. Comte de Guébriant.
DE MORVEAU ...	*Rue de Verneuil, 1, 3, 5.* Président de Morveau.
DE LA MOTTE-HOUDANCOURT.	*Rue de Grenelle, 77.* Entre les hôtels de Maurepas et d'Harcourt, presque en face le passage de la Visitation de Sainte-Marie. Comtesse de La Motte Houdancourt. Marquise de Caumont.
DES MOUSQUE-TAIRES GRIS...	*Rue du Bac,* entre les rues de Verneuil, de Beaune et de Bourbon (Lille). Bâti sur l'emplacement de la Halle-Barbier, 1671. Les Mousquetaires gris. 1780. Marché de Boulainvilliers, maintenant habitations particulières.
DES MOUSQUE-TAIRES NOIRS..	*Rue de Charenton.* Bâti en 1701, aux dépens de la ville pour les Mousquetaires noirs. 1780. Hôpital des Quinze-Vingts, un peu entamé par l'avenue Daumesnil et le chemin de fer de Vincennes.

De Mouy....... *Rue Neuve Saint-Augustin, 27 ou 29,* près le carrefour Gaillon, en face les hôtels de Pons et de Marsan.
Frémont d'Auteuil.
De Mouy.

De Narbonne-Pelet....... *Rue de la Planche* (Varennes), entre les hôtels de Novion et de Saint-Gelais.
De Narbonne-Pelet.

De Navailles.. *Rue de Grenelle, 110.* Entre les rues de Bellechasse et Casimir-Périer.
Président Le Cogneux.
Maréchal duc de Navailles.
Charles de Lorraine, duc d'Elbeuf.
Maréchal de Villars.
De Rochechouart.
Maréchal Lannes, duc de Montebello.
Maréchal Augereau, duc de Castiglione.
Ministère de l'Instruction publique.

De Nesle....... *Quai Conti,* près le Pont-Neuf; le long de la Seine et la rue de Seine.
1308. Amaury de Nesle.
Le roi Philippe le Bel.
1380. Duc de Berri.
1446. François, duc de Bretagne.
1461. Comte de Charolais.
1580. Hôtel de Nevers.
1646. De Guénégaud.
1670. Prince de Conti.

DE NESLE...... (*Suite*)	*Quai Conti,* près le Pont-Neuf, le long de la Seine et la rue de Seine. Remplacé par les rues de Nevers, d'Anjou, de Guénégaud, la Monnaie et l'Institut.
DE NESMOND....	*Rue Pavée Tournelle* (Quai de La Tournelle), au coin de la rue des Bernardins. De Tyron. De Bar. De Montpensier. Du Pin ou du Pain (Hôtel). De Nesmond. Blondi, danseur de l'Opéra. De Schomberg.
DE NEVERS.....	*Entre les rues Pavée, Saint-André-des-Arts et des Augustins.* Ducs de Nevers et de Clèves. Une partie, au coin de la rue Pavée et Saint-André, appelée Hôtel Saint-Clair, vendue à l'Estoille, père de l'historien, a été remplacée par la maison n° 40, rue Saint-André-des-Arts.
DE NICOLAI.....	*Rue d'Anjou-Saint-Honoré, 36.* De Nicolaï. Ambassade de Hollande. Général Moreau. Détruit par le boulevard Malesherbes.
DE NIVERNAIS...	*Rue de Tournon, 10.* Concini, maréchal d'Ancre. D'Albert de Luynes.

De Nivernais...
(*Suite*)

Rue de Tournon, 10.
Hôtel des ambassadeurs extraordinaires.
De Nivernais.
Contentieux des domaines.
1814. Duchesse douairière d'Orléans.
1830. Caserne de la Garde muni-
cipale.

De Noailles...

Rue Saint-Honoré.
Hôtel de Foix.
1687. Bâti pour H. Pussort,
conseiller d'Etat, oncle de
Colbert.
1697. V. Bertin d'Armenonville,
receveur général des parties
casuelles.
1711. Maréchal de Noailles.
Empire. Lebrun, duc de Plai-
sance, architrésorier.
1830. Détruit pour le percement
de la rue d'Alger.

De Noé........

*Rue Neuve-des-Mathurins, 70
ou 72.*
Comte de Noë.
Pris en grande partie par le
boulevard Haussemann.

De Novion......

Rue de la Planche (Varennes), *11.*
Président de Novion.
Saint-Aignant.
Duban de la Feuillée.
Président Portail.
Comte de Montrevel.

DE NOVION.....	*Rue des Blancs-Manteaux*, cul-de-sac Picquet. Jean de La Haie, dit Picquet. Président Novion. Maintenant passage Pecquet.
D'O	*Rue Vieille-du-Temple, 55.* Comte de Chateauvillain. 1752. Marquis d'O. Filles de Saint - Gervais ou Hospitalières de Saint-Anastase. Marché des Blancs–Manteaux.
D'ORGEMONT....	*Quartier de la place Royale et rue Saint-Antoine.* D'Orgemont. 1390. 1404. Vendu au duc de Berri. 1422. Duc d'Orléans. 1420-1436. Duc de Bedford, régent pour les rois Henri V et Henri VI d'Angleterre. Hôtel royal des Tournelles. 1565-1569. Démoli à la suite de la mort de Henri II, roi de France. Actuellement place Royale et rues adjacentes.
D'ORMESSON	*Place Royale, 28.* D'Ormesson.
D'ORLÉANS......	*Rue d'Orléans - Saint - Marcel* (Daubenton), Entre le cimetière Saint-Médard, la rue Censier, la Bièvre et la rue Fer-à-Moulin. J. de Mauconseil. Hôtel des Carneaux.

D'Orléans . . . . .   *Rue d'Orléans - Saint - Marcel*,
(*Suite.*)   (Daubenton).
De Dormans.
J. duc de Berri.
Isabeau de Bavière.
Duc d'Orléans. Séjour d'Orléans.
Louis II, roi de Sicile.
Réuni à la couronne.
1483. J. Louet, trésorier des
   Chartes.
De Mesmes.
Religieux de Sainte-Geneviève.

D'Orléans . . . . . .   *Rue Saint-André-des-Arts*, à l'angle de la rue de l'Eperon, près
   la porte Buci.
Séjour d'Orléans.
1490, Jacques Coictier, médecin
   de Louis XI.
1698. Lenain de Tillemont.
J. Lenain, avocat général.
Lemassoy, secrétaire du roi.
Michaut de Montaran.
1738. Richard Cochois.

D'Osmond . . . .   *Rue Basse-du-Rempart, 8*, près
   la rue de la Chaussée-d'Antin.
1775. Dessiné par Brongniart
   pour M. de Saint-Foix, trésorier de la Marine.
Des Tillières.
Comte d'Osmond.
Concerts Musard.
Détruit par les bâtisses de la rue
   Halevy, place du Nouvel-Opéra.

Palais-Royal . . .   *Rue Saint-Honoré.*
Hôtel d'Armagnac et de Rambouillet.

Palais-Royal... (Suite)	*Rue Saint-Honoré.* Bâti en 1629-1636, par le cardinal de Richelieu. Palais Cardinal. Les rois de France, Louis XIII et Louis XIV. Philippe de France. Philippe d'Orléans, régent.... etc. Louis-Philippe, duc d'Orléans.
De Pastoret...	*Place de la Concorde, 6.* Bâti en 1775, sur les dessins de Gabriel. Rouillé de l'Estang. Marquis de Pastoret. Marquise de Plessis-Bellière. 1878. Donné à la Nonciature.
Le Pelletier...	*Place Vendôme, 4.* Aubert. Le Pelletier de Saint-Fargeau. Princesse de Chimay. Hôtel du Rhin.
Le Pelletier...	*Rue Neuve-des-Mathurins, 33.* Le Pelletier d'Aulnay. Le Pelletier de Martinville. Godoï, prince de la Paix. Entamé par la rue Aubert.
Le Pelletier...	*Rue Culture-Ste-Catherine, 29,* à côté des filles de l'Annonciade. Arsenal de la ville sous Louis XIV. Marion Delorme. Le Pelletier des Forts. Le Pelletier de Souzy. Le Pelletier de Saint-Fargeau. Pension Jauffret. 1803-1860.

De Périgord.... *Rue de l'Université, 57.*
De Périgord.
Madame de Cazeaux.
Maréchal Soult , duc de Dal-
matie.
Détruit par le boulevard Saint-
Germain.

De Périgord.... *Rue de l'Université, 100 et 102.*
Comte de Périgord.

Perregaux,...... *Rue de la Chaussée-d'Antin, 9*
ou *11*.
D^lle Guimard, danseuse.
Comtesse Dulau.
Perrégaux, banquier.
J. Laffitte, banquier.
Magasin de la Chaussée-d'An-
tin.
Détruit par la rue Meyerbeer.

De Pérusse-Escars *Rue du Petit-Vaugirard* (Cher-
che-Midi), *89*.
De Pérusse-Escars.
Maréchal Lefebvre, duc de Dant-
zick.
Démoli par la rue Neuve-Saint-
Placide.

Du Pet-au-Diable *Rue du Pet-au-Diable,* près
l'Hôtel de ville.
François Chanteprime.
1379. Raoul de Coucy.
J. de Béthizy.
J. Thuillier.
J. de l'Hopital, seigneur de Ste-
Mesme.
De Torcy, jusqu'en 1719.

Du Pet-au-Diable (*Suite*)	*Rue du Pet-au-Diable*, près l'Hôtel de Ville. La Tour carrée du Pet-au-Diable était aussi appelée Synagogue. — Martelet Saint-Jean. — Vieux Temple. — Hôtel du Pet-au-Diable. Maintenant rue de Rivoli et Hôtel de ville.
De Phélippeaux	*Rue Coq-Héron*, au coin de la rue Pagevin. Écuries de l'Hôtel d'Épernon en face. Phélippeaux marquis de Châteauneuf.
De Pimodan....	*Ile Saint-Louis quai d'Anjou*, 17 Le Gruin des Bordes. 1657, Duc de Lauzun. Ogier, receveur du Clergé. 1752. Lavallée de Pimodan. Baron Pichon, savant bibliophile.
Pinon.........	*Rue Grange-Batelière* et cul-de-sac. Fief de la Grange-Batelière. Hôtel Pinon. Mairie de l'ancien 2e arrondissement. Détruit pour le prolongement de la rue Drouot.
De Plélo......	*Rue de Vaugirard*, au coin du boulevard, numéros pairs. Vulgairement Hôtel de Turenne. Madame de Maintenon et les enfants du Roi.

De Plélo...... (*Suite*)	*Rue de Vaugirard,* au coin du boulevard, numéros pairs. Marquis de Plélo. Bains Turenne.
De Polignac...	*Rue d'Anjou-Saint-Honoré, 4.* De Polignac.
De Pompadour..	*Rue de Grenelle,* à côté des Filles Sainte-Valère. Abbé de Pompadour. De Bézenval. 1860. Lucien Bonaparte.
De Pomponne...	*Place des Victoires.* au coin des rues des Fossés-Montmartre et du Petit-Reposoir, maintenant d'Aboukir et Pagevin. Du Hallier, seigneur de l'Hospital 1652. D'Aubusson de La Feuillade. De Villemaloux. Laguillaumie. De Pomponne. Marquis de Massiac. 1806. Banque de France. Ternaux, fabricant de châles. A porté aussi le nom d'Hôtel de Cambray.
De Pomponne...	*Rue de l'Université, 3 ou 5,* presqu'en face l'académie de Dugas. De Pomponne 1758. (Plan Denis et Pasquier.) De Guéménée,(Plan Jaillot 1775.) Rohan Montbazon.

6

DE POMPONNE..	*Rue Neuve-Saint-Augustin*, *1 ou 3*, presque au coin de la rue Richelieu, contre l'Hôtel Louvois (place Louvois). 1739. Marquis de Pomponne. Marquise de Villarceaux ?
DE POMPONNE...	*Rue de la Verrerie*, près la rue du Renard. Famille Arnauld de Pomponne.
DE PONS........	*Rue Jacob, 7 ou 9.* Tambonneau, président à la Chambre des Comptes. De Marsan. De Matignon. De Pons.
DE PONS......	*Rue des Saints-Pères, 50 ou 52,* entre les rues Saint-Dominique et de Grenelle. De Pons. Levacher de Souzel.
DE PONS......	*Rue Neuve-Saint-Augustin, 24,* presque au coin de la place Gaillon, rue de la Michodière. Cotte Blanche partisan. Comte d'Estrées et de Cœuvres. De Ferriol. Renouard de La Touanne. Marquis de Pons.
DE PONTCHARTRAIN	*Rue Vivienne,* au coin de la place de la Bourse. Brillout d'Ailly. Phélippeaux de Pontchartrain. De l'Hospital. Bignon, bibliothécaire du Roi.

H. DE M. LE PRE-MIER PRÉSIDENT	*Cité. Ancienne cour du Palais.* Palais des Rois de France. 1ᵉʳ Président au Parlement de Paris. Préfecture de Police et Cour d'assises.

H. DE M. LE PRE-
MIER PRÉSIDENT

Cité. Ancienne cour du Palais.
Palais des Rois de France.
1ᵉʳ Président au Parlement de
Paris.
Préfecture de Police et Cour
d'assises.

DE PREUILLI....

Rue Geoffroy-Lasnier, 19, près
le cul-de-sac Putigneux.
De Preuilli.
De Clermont de Gallerande.
De Genest.
De Luxembourg.
De La Rochefoucauld Barbezieux.
Châtaignier.
De Vendôme.
Crevent d'Humières.
Le Tonnelier de Breteuil.
De Galiffet.

DU PRÉVOT DE
PARIS.........

Nous comprenons sous ce nom
l'espace compris entre *les rues
Saint-Antoine,Percée, de Jouy*
et *les murs de l'Enceinte de
Philippe-Auguste,* qui à diverses époques fut divisé cependant en plusieurs lots souvent
réunis.
1369. Hugues Aubriot, prévôt
de Paris (Maison des Mar-
mouzets).
1383. Pierre de Giac, chancelier.
1397. L. d'Orléans (Hôtel de la
Barre ou du Porc-Epic).
1404. Jean, duc de Berri.
1404. Jean de Montaigu.
1409. Guillaume de Bavière,
comte de Hainaut.

Du Prévot de Paris .... *(Suite)*

Nous comprenons sous ce nom l'espace compris entre *les rues Saint-Antoine, Percée, de Jouy* et *les murs de l'Enceinte de Philippe-Auguste*, qui à diverses époques fut divisé cependant en plusieurs lots souvent réunis.

1417. Jean de Bourgogne, duc de Brabant.

1440. Connétable Arthur de Richemont.

1472. Robert d'Estouteville, prévôt de Paris.

1479. Jacques d'Estouteville, prévôt de Paris.

1509. L. Malet, amiral de Graville.

1516. Pierre de Balzac d'Entragues.

1572. Guillaume le Gentilhomme.

De Rochepot.

De Jassaud.

Connétable de Montmorency.

Cardinal de Bourbon.

Les Jésuites.

Collège Charlemagne.

Du Grand Prieur du Temple....

Rue du Temple.

Construit en 1667 par J. de Souvré, grand Prieur de Saint-Jean de Jérusalem.

1720. Réparé par le chevalier d'Orléans.

Prince de Conti.

1792. Louis XVI enfermé à la Tour du Temple.

Sous l'Empire magasin et caserne.

Du Grand Prieur
du Temple....
(*Suite*)

Rue du Temple.
Sous Louis XVIII. Religieuses
Augustines.
Etat-major de l'artillerie de la
Garde nationale.
Caserne.
Démoli en 1854.
Maintenant square du Temple.

De Querhoent.

Rue de Sèvres, 111, au coin de
la rue Saint-Romain (ancienne-
ment de Ravel).
De Saint-Simon.
De Kerouanne ou de Querhoënt.
Madame Adanson veuve du na-
turaliste.

De la Queuille

Rue de Babylone, entre la rue
de Monsieur et la caserne.
Marquis de La Queuille.

De Rambouillet

Rue de la Planchette (rue de
Charenton), au coin de celle
de Rambouillet.
Rambouillet, financier (Hôtel
des Quatre-Pavillons).
Rambouillet de La Sablière,
ami de La Fontaine.
De Marangy.
Complètement détruit depuis
longtemps.

De Rambouillet

Rue Saint-Thomas-du-Louvre, à
côté de l'Hôtel de Longueville.
Hôtel d'O.
De Noirmoutiers.
De Pisany.
De Rambouillet(le célèbre Hôtel
de Rambouillet).

De Rambouillet (*Suite*)	*Rue Saint-Thomas-du-Lourre,* à côté de l'hôtel de Longueville. De Montausier. De Crussol d'Uzès. Théâtre du Vaudeville. Square du Carrousel.
De Rannes.....	*Rue de Visconti,* 21 (ancienne des Marais-Saint-Germain). Marquis de Rancs ou de Rannes. 1699. J. Racine y mourut. 1730. Adrienne Lecouvreur.
Le Rebours....	*Rue Neuve-Saint-Médéric,* entre le cul-de-sac du Bœuf et la rue Pierre-au-Lard. Président Robert Auberry. Denis de Noirmoutiers. Jean Bouër, secrétaire du Roi. Yves Mallet. Thierry Le Rebours de Bertran-fosse, président au grand Conseil. De Morangis. Devinf.
Récamier.......	*Rue de la Chaussée-d'Antin,* 7. Necker. Récamier. Comtesse Le Hon. Compagnie du chemin de fer de P. L. M. Détruit par les bâtisses de la rue de Meyerbeer.
Régnard.	*Jardin des Tuileries,* près la porte de la Conférence à l'en-droit où se trouve maintenant l'Orangerie.

RÉGNARD........ *(Suite)*	*Jardin des Tuileries*, près la porte de la Conférence, à l'endroit ou se trouve maintenant l'Orangerie.
	Jardin de plaisance et cabaret cités dans les Mémoires, tenu par Regnard ou Renart, valet de chambre du Roi.
	Détruit par Le Nostre en 1664.
LA REINE BLANCHE	*Rue de la Tixeranderie*, entre les rues du Coq et des Deux-Portes.
	Formé de la réunion des Hôtels de Jacques de Bourbon et du duc de Berri.
	Blanche de Navarre, 2e femme de Philippe de Valois.
LA REINE BLANCHE	*Rue de la Reine-Blanche*, près le boulevard Saint-Marcel.
	Séjour de la reine Blanche?
	Comtesse de Piémont ?
LA REINE MARGUERITE......	*Entre les rues de Seine, des Saints-Pères et le quai des Théatins.*
	La Reine Marguerite, 1re femme de Henri IV, 1606-1615.
	Détruit en 1622, on construisit sur son emplacement les hôtels des rues de Seine, du quai Malaquais (des Théatins) et plus tard les Beaux-Arts.
DE LA REYNIE..	*Rue du Bouloi, 10, 12*, à côté de l'Hôtel des Fermes, au coin de la rue Croix-des-Petits-Champs.

LA REYNIE......
(Suite)

Rue du Bouloi, 10, 12, à côté de l'Hôtel des fermes, au coin de la rue Croix-des-Petits-Champs.
De Dreux d'Aubray, lieutenant civil.
De La Reynie, lieutenant général de police.
De La Reynie, seigneur de Saint-Sulpice.
J. d'Alby.
Rouillé de Boissy.

DE RICHELIEU..

Quai Dauphin ou *des Balcons* (Béthune), 16, 18, au coin de la rue de Brehonvilliers, **1**.
1696. Duc de Richelieu.
De Fronsac, duc et maréchal de Richelieu.

DE RICHELIEU..

Rue d'Antin et *rue Louis-le-Grand*
Bàti en 1707 pour le financier de la Cour des Chiens et appelé Hôtel de Travers à cause de sa position.
1712. Comte de Toulouse.
1713. Duc d'Antin.
1757. Maréchal, duc de Richelieu qui le prolonge et construit le pavillon de Hanovre sur le boulevard.
Démoli pour le percement de la rue d'Antin, de la rue de Port-Mahon, puis l'avenue de l'Opéra.

DE RICHELIEU...

Place Royale, 21.
Cardinal de Richelieu.
Duc de Richelieu.

DE RIEUX.......	*Rue Vieille-du-Temple,* au coin de la rue des Blancs-Manteaux. Maréchal de Rieux. De Rieux de Rochefort. 1421. Confisqué par les Anglais. Morcelé.
DE RIVIÈRE.....	*Rue d'Anjou-Saint-Honoré,* entre les rues de Suresnes et de la Ville-l'Évêque. De Rivière ou de La Rivière.
DE ROCHAMBEAU.	*Rue du Regard,* 2, au coin de la rue des Vieilles-Tuileries, (Cherche-Midi), en face l'Hôtel de Toulouse. De Rochambeau.
DE LA ROCHE-FOUCAULD.....	*Rue de Varennes,* 40, en face l'Hôtel de Matignon. Comte de La Rochefoucauld.
DE LA ROCHE-FOUCAULD.....	*Rue de Seine.* Anciennement Hôtel Dauphin et de la Reine Marguerite. De Bouillon, père de Turenne. Duc de Liancourt. 1659. Duc de La Rochefoucauld Liancourt. Détruit en 1825 par la rue des Beaux-Arts.
DE LA ROCHE-GUYON.	*Rue des Bons-Enfants,* 21. 1636. De Liancourt comte de La Rocheguyon. D'Effiat. 1720. Marquis d'Artaguette. Comte de Carvoisin. De Lussac.

DE LA ROCHE-GUYON .... (*Suite*)	*Rue des Bons-Enfants, 21.* Marigner, receveur général. 1821. Bertrand, notaire.
DE ROHAN.	*Place Royale, 13.* Des Hameaux. Rohan-Chabot. Delaborde. Mademoiselle Rachel.
DE ROHAN GUÉ-MÉNÉE.	*Rue de l'Université, 5.* De Bullion. De Rohan-Montbazon-Guéménée.
ROLLAND.	*Quai de la Tournelle.* Président Rolland d'Erceville. Président de Bouffret.
DE ROQUELAURE	*Rue Saint-Dominique,* maintenant boulevard St-Germain. 1726. De Roquelaure. De Léon. De Pons. 1740. Molé. De Lesdiguières. De Béthune-Sully. Desmaisons. Cambacérès. Ministère de l'Agriculture et du Commerce.
DE ROSAMBO....	*Rue de Bondy, 58,* près de la rue de Lancry. Le Pelletier de Rosambo. Baron Taylor.
DE ROUAULT ...	*Rue du Bourbon* (Lille), *79,* un peu avant la rue de Bellechasse. Stonville.

DE ROUAULT.... *Rue de Bourbon* (Lille), 79, un peu
(*Suite*)   avant la rue de Bellechasse.
      De Rouault.
      De Puységur.

ROUGEAU....... *Rue de l'Université*, 11.
      Président Rougeau.
      De Maupeou.
      1854. Armand Bertin.

DU ROURE ..... *Rue de Bourbon* (Lille), 70.
      Comte du Roure.

DE ROVIGO..... *Rue Laffitte*, 21.
      Naugude.
      Savary, duc de Rovigo.
      De Greffulhe.
      J. Périer.
      Baron de Rothschild.

DE ROYAUMONT. *Rue du Jour*, 4, adossé au mur
      septentrional de l'église Saint-
      Roch.
      Bâti en 1613 pour Ph. Hurault,
      évêque de Chartres, abbé de
      Royaumont.
      Montmorency, comte de Boute-
      ville.

DU RUMAIN..... *Rue des Saints-Pères*, au coin de
      la rue de l'Université.
      Potier, Contrôleur des chasses.
      De Gamaches.
      Du Rumain.

DE RUPELMONDE *Rue Saint-Dominique*, 67, à côté
      de l'hôtel de Guerchy.
      De Varangeville.
      Maréchale de Villars.

De Rupelmonde. *(Suite)*	*Rue Saint-Dominique*, *67*, à côté de l'hôtel de Guerchy. Marquise de Rupelmonde. D'Uzès. De Bénonville. A été quelquefois appelé de Poitiers.
De St-Chamant.	*Rue Chantereine* (de la Victoire), 40, au coin de la rue des Trois-Frères (Taitbout). De Saint-Chamant. Basoun. Comtesse de Rigny.
De St-Chaumond	*Rue Saint-Denis*, près la rue de Tracy. 1631. Marquis Mitte de Saint-Chaumond. Maréchal de La Feuillade. Filles de l'Union chrétienne, dites Dames de St-Chaumond. Magasin de nouveautés *à Marie Stuart*. Qui donne maintenant par derrière sur le boulevard de Sébastopol.
De St-Faron...	*Rue de la Verrerie* et de *la Tixeranderie*, près la rue des Mauvais-Garçons. Abbés de Saint-Faron. Maintenant rue de Rivoli.
De St-Gélais..	*Rue de la Planche* (Varenne), *21*, *23*, presque au coin de la rue du Bac. De Lorges, duchesse de Lauzun, veuve en premières noces de Nompar de Caumont.

DE ST-GELAIS..   *Rue de la Planche*(Varennes),21,
23, presque au coin de la rue
du Bac.
De Saint-Gelais.
Du Plessis-Châtillon (?)

DE ST-GÉRAN...   *Place Royale, 24.*
Vitry.
De La Guiche de la Palue de
Saint-Géran.
De Duras.
De Boufflers.

DE ST-JULLIEN .   *Rue Laffitte, 17.*
De Saint-Jullien.
La reine Hortense.
Baron de Rothschild.

HOTEL ROYAL DE
SAINT-PAUL...
OU DES GRANDS   *Entre la Seine, la Bastille,* les
ÉBATTEMENTS   rues *St-Antoine* et *St-Paul.*
Ancien palais des rois Charles V
et Charles VI, comprenant les
hôtels de Saint-Maur, d'Etampes, de Puteymuce, de Beautreillis, de la Reine, de la Pis-
sote....., etc. Achevé de détruire
sous François Ier. — Tout le
quartier de l'Arsenal en occupe
l'emplacement.

DE ST-POL.....   *Rue Saint-Honoré,* entre les rues
d'Autriche (de l'Oratoire) et
du Coq, contre le mur d'enceinte.
De Senlis.
Waleran de Luxembourg, comte
de Ligny et de Saint-Pol.

De St-Pol..... (*Suite.*)	*Rue Saint-Honoré*, entre les rues d'Autriche (de l'Oratoire) et du Coq, contre le mur d'enceinte. 1619.Vendu à la congrégation de l'Oratoire, maintenant église de l'Oratoire.
De St-Pouange.	*Rue Neuve-des-Petits-Champs*, entre les rues Sainte-Anne et Richelieu. Béchamel de Nointel. De Chabannais de St-Pouange. Bollioud de Saint-Jullien. Détruit en 1775 pour le percement de la rue de Chabannais.
De St-Victour-Senneterre ..	*Rue de Grenelle,* près la rue des Roziers. De Bragelonne. De Beauvais. De Senneterre, marquis de Saint-Victour.
De Saisseval...	*Rue de Bourbon* (Lille), *72.* 1788. Marquis de Saisseval.
De La Salle...	*Rue de Grenelle, 83.* De Bonneval, marquis de Martonne. Marquis de La Salle.
De Salm	*Rue de Bourbon* (Lille), entre les rues Bellechasse et Solférino. Bâti par Rousseau. Prince de Salm-Salm. Lieutraud, marquis de Boisregard.

De Salm ....   *Rue de Bourbon* (Lille), entre les
(*Suite.*)   rues Bellechasse et Solférino.
Madame de Staël.
1802. Palais de la Légion d'honneur, brûlé en 1871, rebâti aux frais des Légionnaires par souscription.

De Saumery....   *Rue Saint-Dominique, 72.*
De Maulevrier.
1720. Prince d'Auvergne.
Cardinal de Tencin.
Deville.
Maréchale de Nangis Brichanteau.
Marquis de Saumery.

Scipion........   *Rue Fer-à-Moulin*, au coin de la rue de La Barre (Scipion).
Scipion Sardini.
Boulangerie des hôpitaux.

Sébastiani .....   *Rue du Faubourg-St-Honoré, 51.*
Xavier.
Sébastiani.
Annexé à l'Elysée.

Séguier........   *Rue Pavée* (Séguier), *16.*
De Moussy.
D'Argouges, marquise de Rannes.
La Palue Bouligneux.
Marquis de La Housse.
Marquis de Flamarens.
De Marigny.
Séguier, chancelier.

De Seignelay...   *Rue Saint-Dominique, 115.*
Marquis de Seignelay.
Demonville.

DE SENNETERRE.   *Rue de l'Université, 24 ou 26.*
De La Monnoye.
Maréchal de La Ferté-Senneterre.
Madame de La Balivière.

DE SENS........   *Rue de Grenelle, 140,* près de la
   rue de Bourgogne.
De La Trémoille, dit le duc de
   Noirmoutiers.
De Sens.
Gardes du corps de Monsieur le
   comte d'Artois.
Ecole d'état-major.

DE SENS........   Au coin des *rues du Figuier* et
   de *La Mortellerie.*
Hôtel d'Estoménil,
Archevêques de Sens.
Chancelier Du Prat.
1594. Le cardinal Pellevé y meurt.
1792. Voitures pour Lyon et
   Roulage.

SERPENTE.......   *Rue Serpente,* presque au coin
   de la rue Hauteville.
Hôtel des religieux de Fécamp
   à l'enseigne de la Sirenne ou de
   la Serpent.
Helvetius.
Panckoucke, libraire.

DE SICILE OU
D'ANJOU......   *Rue de La Tixeranderie,* entre
   les rues de la Verrerie, du Coq
   et des Coquilles.
Hôtel de Sicile.
Hôtel du roi Louis, duc d'Anjou, roi de Naples, de Jérusalem, d'Aragon, de Sicile, petit-
   fils de Jean, roi de France.
Pris par la rue de Rivoli.

De Sillery .... *Place du Palais-Royal,* en face
le Palais.
Brulart de Sillery.
Démoli en 1719, pour faire place
au Château-d'Eau, brûlé en
1848.

De Sillery .... *Quai Conti,* cul-de-sac de Conti,
2 et *4*
Dessiné par Mansard.
Sillery Genlis.
Brulart de Sillery, marquis de
Genlis.
Maire Nyon, libraire, en façade
sur le quai.
Larrey, chirurgien militaire.

De Sinety...... *Rue Taranne,* 25 (Boulevard
Saint-Germain), en face l'Aca-
démie de médecine.
Duchemin de Bisseaux, trésorier
de Mademoiselle.
1752. Prévôté de l'hôtel du Roi.
An XIII. Berryer.
Marquis d'Avesnes.
De Brancas Villars, duc de Cé-
reste.
Marquis de Sinety.

De Soissons.... Entre les rues *Coquillière, des
Deux-Ecus, du Four* et *de Gre-
nelle.*
De Nesle.
Blanche de Castille, mère de
Saint-Louis.
De Bohaigne, Bahagne, Behai-
gne. Behaingne ou de Bohême.
Hôtel d'Orléans.
1492. Les Filles Pénitentes.

7

DE SOISSONS... (*Suite*)	Entre les rues *Coquillière, des Deux-Écus, du Four* et *de Grenelle.* Hôtel de la reine Catherine de Médicis. 1604. Hôtel de Soissons. Entièrement abattu moins la colonne, 1748-1749. Maintenant Halle aux blés.
DE SOMMARIVA..	*Rue de la Chaussée-d'Antin, 5.* Madame d'Epinay. 1784. Canuel, officier général. Comtesse de Sommariva.
DE LA SONNE...	*Place Vendôme, 16.* Marquis de la Sonne.
DE SOUBISE ...	*Rue de Paradis,* au coin de la rue du Chaume. Grand chantier du Temple. Hôtel de la Miséricorde. Hôtels de Clisson, de Laval, de la Roche-Guyon, réunis en hôtel de Guise. De Soubise. Maintenant hôtel des Archives.
DE SOURDÉAC...	*Rue Garancière, 10* De Léon. De Rieux. De Rieux de Sourdéac, 1651. De la Sordière. De Montagu. De Lubersac. Mairie de l'ancien XIe arrondissement. Librairie Plon.

De Sourdis . . .   *Rue de l'Arbre-Sec, 21,* et rue des Fossés - Saint - Germain - l'Auxerrois, impasse Sourdis, à côté du cul-de-sac de Cour-Baton.
D'Escoubleau de Sourdis.
A été appelé aussi hôtel du Petit-Paradis.
Détruit pour la construction de la Mairie du nouveau Ier arrondissement.

De Sourdis . . . .   *Rue d Orléans* (Charlot), *3, 5.*
De Montmorency.
Fut ensuite divisé en deux lots par une ruelle.
L'un : de Sourdis.
L'autre : de Sourdis.
Gruyn en Gruin.
De Cambis.

De Souvré . . . . .   *Rue Fromenteau,* au coin de la rue de Beauvais.
1613. Maréchal de Souvré.
Souvré de Courtanvaux.
1658. Cédé au Roi et démoli pour l'achèvement du Louvre.

De Soyecourt . .   *Rue de l'Université, 51.*
De Soyecourt.
Duc de Blacas.
Pozzo di Borgo.

De Soyecourt . .   *Rue de l'Arcade, 22.*
De Soyecourt.
De Castellane.
Marquis de Lubersac.
Maréchal de Soubise.
De Conti (plan Verniquet).

DE SOYECOURT.. (*Suite*)	*Rue de l'Arcade, 22.* 1805. Dézarnod, inventeur des cheminées économiques. 1825. Détruit par le percement de la rue de Castellane.
DE STRASBOURG.	*Rue Vieille-du-Temple,* au coin de la rue des Quatre-Fils. 1712. Cardinal de Rohan, évêque de Strasbourg. A fait partie de l'hôtel de Soubise son voisin. Imprimerie Royale.
DE TALARU.....	*Rue Vivienne, 12,* près l'arcade Colbert. Desmousseaux. De Bonneval. De Talaru de Chalmazel. De Baulny.
· DE TALARU.....	*Rue Richelieu, 60, 62.* De Talaru. Prison sous la Révolution. Bossange, libraire. Journal l'Illustration.
DE TALLARD....	Au coin de la rue des *Enfants-Rouges* (des Archives) et de la rue *d'Anjou* (Pastourelle). Amelot de Chaillou, maître des requêtes. Eynard, grand maître des Eaux et Forêts. Maréchal de Tallard. Marquise de Pont de Sassenage De Nicolaï.

De Taranne.... *Rue de Taranne, 8.*
La Briffe.
De Beauffremont.
De Taranne.

De Taranne.... *Rue de Taranne, 11,* donnant
rue de l'Egout et cour du
Dragon.
De Taranne.
De Gomare.
Denis Thierry.
D'Argouges - Fleuri, lieutenant
civil au Châtelet.
Académie d'Equitation.
Cour du Dragon.

Le Tellier.... *Rue Platrière* (J.-J. Rousseau,
20). En face la rue Verdelet
(Pagevin).
Le Tellier.
Communauté des Filles de Sainte-
Agnès.
Salle d'Asile.

Le Tellier.... *Rue des Francs-Bourgeois, 13,
15,* presque en face la rue des
Trois-Pavillons.
De Creil.
Le Tellier.
De Créquy.
Le Bas du Plessis.
Le Bas de Courmont.

De Terray..... *Rue Notre-Dame-des-Champs.*
L'abbé Terray.
Pension de l'abbé Liautard.
Collège Stanislas.
Démoli en 1849 par la rue Sta-
nislas.

De Tessé......	*Quai des Théatins* (Voltaire, 1), au coin de la rue des Saints-Pères. De Bacqueville. Maréchal de Tessé.
De Tessé......	*Quai d'Anjou, 19.* Ile St-Louis, au coin de la rue Poulletière. Meillant (plan Gomboust). De Tessé.
De Tissé......	*Place Royale, 18.* De Tessé.
De Thélusson..	*Rue de Provence,* en face la rue d'Artois (Laffitte). Bâti par Ledoux. Madame Thélusson. Comte de Saint-Pons-Saint-Maurice. Prince Murat. Ambassadeur de Russie. Abattu pour prolonger la rue d'Artois, 1824-1836.
De Thou.......	*Rue des Poitevins, 14.* De Mesgrigny. Hôtel des députés des Etats de Blois. De Thou. Agasse. Librairie Panckoucke, 1819. Capiomont.
De Thun.......	*Rue de Provence,* en face la cité d'Antin, 68, 70, 72. De Thun. Ecuries d'Orléans. Seillière.

Du Tillet..... **Rue du Faubourg - Saint-Martin, 59.**
Le Mercier, receveur général.
Titon du Tillet.
Pompes funèbres.
Omnibus Dames Blanches.

De Tingry . ... **Rue de Varennes, 42,** près la
rue Bellechasse.
De Montmorency-Tingry.

Titon.......... **Rue de Montreuil, 31,** près la
rue des Boulets.
Folie Titon du Tillet.
François de Saint-Jean, greffier
au Parlement.
Réveillon , manufacture de pa-
piers peints.

De Toulouse .. **Rues de La Vrillière, Bailliffre** et
· **Neuve-des-Bons-Enfants.**
1620. Bâti par Mansard.
Phélippeaux, duc de La Vrillière.
1705. Rouillé, maître des Requêtes.
1713. Comte de Toulouse.
Sous la Convention, Imprimerie
nationale.
1811. Banque de France.

De Toulouse .. **Rue du Chasse-Midi, 37** (Cher-
che-Midi), au coin de la rue du
Regard.
Comtesse de Vérue.
Comte de Toulouse.
Hôtel des Conseils de Guerre.

De La Trémoille	*Rue Saint-Dominique, 63.* Duc de La Trémoille. Sous l'Empire, Bureaux du Génie. Détruit par le boulevard Saint-Germain.
De La Trémoille	*Rue de Vaugirard, 50*, au coin de la rue Férou. La Trémoille. Mademoiselle de La Fayette.
De La Trémoille	*Rue des Bourdonnais, 11.* Tout le long de la rue de Béthisy. Maison ou Hôtel des Carneaux. 1363. Duc d'Orléans, frère du roi Jean. 1398. Guy de La Trémoille. Chancelier Dubourg. Président Bellièvre. 1791. Fourcroy, chimiste. Maison à l'enseigne de la Couronne d'Or. Démoli par la rue de Rivoli et la façade transportée à l'École des Beaux-Arts.
De La Trémoill	*Rue Saint-Avoie* (du Temple), à côté de l'hôtel de Mesmes. De Talmon de La Trémoille de Marillac. Détruit par la rue de Rambuteau.
De Tréneuc....	*Rue de Provence, 26*, à côté de l'hôtel Thélusson, au coin de la rue Laffitte. De Tréneuc. Barras.

De Tréneuc....
(*Suite*)

Rue de Provence, 26, à côté de l'hôtel de Thélusson, au coin de la rue Laffitte.
Comte de Tamncy.
Lord Bainting.
Fanny Essler.
Mademoiselle Duverger.
Petit Théâtre.

De Tresmes....

Rue Saint-Louis (Turenne), entre les rues du Foin et des Minimes, près la place Royale.
De Tresmes (Plan Gomboust, en face l'hôtel de Vitry).

De Tresmes....

Place Royale, 26.
Camuzet.
De Tresmes.
De Breteuil.
De Rotrou, 1788.

Du Trésorier..

Cité au coin de la rue de la Barillerie et du quai, côté du Palais.
Trésorier de la Sainte-Chapelle.

Tuileries......

Place du Carrousel.
Bâti 1564, par Catherine de Médicis.
Augmenté sous Louis XIV.
Siège de la Convention.
Napoléon Ier.
Louis XVIII.
Charles X.
Louis-Philippe.
Napoléon III qui relie le Louvre au Tuileries par l'architecte Visconti.
Brûlées en 1871 par la Commune.

DE TURENNE ...   *Rue Saint-Louis* (Turenne), *46,*
48, au coin de la rue St-Claude.
1652. Le Vasseur.
Turenne.
Cardinal de Bouillon.
Filles du Saint-Sacrement.
Eglise St-Denis du St-Sacrement.

DE TURGOT ....   *Rue Saint-Antoine, 143. Place*
Royale, 7.
Bâti par Ducerceau.
Sully.
Du Vigan.
De Turgot.
De Boisgelin.

DE L'UNIVERSITÉ   *Rue de l'Université, 25,* au coin
de la rue du Bac et appartenait
à l'Université.
1666. Du Bouchet, marquis de
Sourches de Montsorreau.
Prince de Monaco, duc de Valentinois.
1699. Maréchal de Catinat.
Langlois, secrétaire des finances.
1725. P. de Catinat, conseiller
au Parlement.
1753. D'Aguesseau , conseiller
d'État.
Magasin du Petit-Saint-Thomas.
1820.

DES URSINS.....   *Cité. Rue des Ursins, derrière*
Saint-Landry.
Famille Jouvenel des Ursins.
Jouvenel de Harville des Ursins,
marquis de Traynel.
Maintenant quai Napoléon et
Hôtel-Dieu.

D'UZÈS......... *Rue Montmartre, 172.*
Marquis de l'Hospital.
1739. Duc d'Uzès.
Empire et Restauration, admi-
nistration des Domaines.
Douane.
Delessert.
Détruit par la rue d'Uzès.

DE VALBELLE .. *Rue du Bac, 34,* en face la rue
de Gribeauval.
De Valbelle.
Fouché, duc d'Otrante.
1834. Comte Lanjuinais.

DE VALENTINOIS. *Rue Saint-Lazare, 60,* entre les
rues Blanche et La Tour des
Dames (La Rochefoucauld).
Duc de Valentinois.
Général Montholon.
Jalabert, notaire.
Duc de Bassano.
Comte de Chateauvillars.

DE VALENTINOIS. *Rue de Bourbon* (Lille), *65,* au
coin de la rue de Poitiers.
Pagès, maître de Requêtes.
Baudoin de Pommeret, marquis
de La Fare.
1739. Desmarets de Maillebois.
Monaco de Valentinois.
Mandat, colonel de la Garde nationale 1792.

DE LA VALLIÈRE. *Rue du Bac, 134.*
La Beaume Le Blanc, duc de La
Vallière.
Duchesse de Chatillon.
Sœurs de Saint-Vincent-de-Paul

De La Vallière.	*Rue Neuve-Saint-Augustin,* au coin de la rue de la Michodière.
	Frémont, fermier général.
	Maréchal de Lorges.
	Duc de Lorges.
	Princesse de Conti.
	Duc de La Vallière.
	1767. De Deux-Ponts.
	En partie détruit en 1780 pour le percement de la rue de La Michodière.
De Vaudreuil..	*Rue de la Chaise, 5, 7,* en face la rue de Varennes.
	Comte de Vaudreuil.
	Prince Aldobrandini Borghèse.
	D'Uzès.
De La Vaupalière	*Rue du Faubourg-Saint-Honoré, 85,* entre les rues du Colisée et Petite rue Verte (Matignon).
	Le Barcle, marquis d'Argenteuil.
	De Chastenay.
	Marquis de La Vaupalière.
	Baron Rœderer.
	Madame Le Hon.
	Comte Molé.
De Vendome....	*Rue d'Enfer,* contre les Chartreux.
	1706. Les Chartreux.
	Duchesse de Vendôme.
	Duc de Chaulnes.
	Princesse d'Analt.
	Ecole des Mines.

De Vendome.... *Rue Saint-Honoré,* en face les
 Feuillants.
 De Retz.
 De Mercœur.
 De Vendôme.
 1689. Démoli peur faire la place
 Vendôme.

De Venise ..... *Rue Saint-Gilles, 12, 14.*
 Hôtel de Venise 1652.(Gomboust.)
 De Morangis.
 Président de Labrosse.
 Lieutenant général Bauyn, mar-
 quis de Péreuse.

De Ventadour . *Rue de Tournon, 8,* entre celui
 des Ambassadeurs Extraordi-
 naires et l hôtel Brancas.
 De Ventadour.
 De Jassaud.
 Chartraire de Saint-Aignan.
 Chartraire de Ragny.
 Garnier.
 Mademoiselle d'Orsan.
 J. Dulau d'Allemans, curé de
 Saint-Sulpice.

De Verue...... *Rue du Regard, 1.*
 Comtesse de Vérue.
 Docteur Récamier.

De Vic....... . *Rue Saint-Martin, 203,* vis-à-
 vis la rue de Montmorency.
 Guillaume Budé.
 J. Sanguin, prévôt des Mar-
 chands.
 Amiral Dominique de Vic 1600.
 Nicolas Chopin.
 1752. Papillon, agent de chang

De La Vieuville	*Rue Saint-Paul, 4,* et *quai des Célestins.*
	Bâti sur les terrains de l'hôtel Saint-Paul.
	De la Vieuville.
	Les Frères Paris, banquiers.
	Cardon, manufacture de Tabacs.
	Etablissement des Eaux clarifiées 1808 à 1850.
	Comte Happey.
De Villedeuil.	*Place Royale, 14,* et rue des Tournelles.
	De Breteuil.
	Des Lions.
	Mairie de l'ancien VIIIᵉ arrondissement.
	Brûlé par la Commune en 1871.
De Villedo....	*Rue Saint-Louis* (Turenne).
	Les Villedo ont été propriétaires des 5 ou 6 premiers numéros impairs de la rue.
	Villedo de Clichy.
	Michel Delavigne.
	L'abbé Colbert.
	Meynaud de Latour.
De Villequier-d'Aumont.....	*Rue des Poulies,* en face la rue des Fossés - Saint - Germain-l'Auxerrois.
	1371. Hôtel de Garancières.
	1567. Hôtel du duc de Nevers.
	1577. Baron de Villequier, gouverneur de Paris.
	1655. D'Aumont, marquis de La Guierche.
	1732. De Rouillé.

De Villequier-
d'Aumont.....
(Suite)

Rue des Poulies, en face la rue
des Fossés - Saint - Germain -
l'Auxerois.
1761. Acheté par le Roi et détruit.
Maintenant place Saint Germain-
l'Auxerrois.

De Villequier-
d'Aumont.....

Rue Neuve-des-Capucines.
Castanier.
Mazade.
Duc de Villequier d'Aumont.
De Bronville.
Crédit foncier.

De Villeroi...

Rue de l'Université, 9.
Tambonneau (Gomboust (1652)
De Villeroi.
Abattu par la rue Neuve-de-
l'Université ou du Pré-aux-
Clercs, 1843.

De Villeroi...

Rue de Bourbon. (Lille, 74.)
1714. De Torcy.
Duc de Villeroi.
Maréchal Ney.
Duc de Noailles.

De Villeroi...

Rue de Varennes, 78.
Bâti par Aubry pour Mademoi-
selle Desmares.
Hoguier, baron de Presles.
Duc de Villeroi.
Police générale sous l'Empire.
Présidence du Conseil d'État.

De Villeroi...

Rue des Bourdonnais, 30.
Nicolas de Neufville.

De Villeroi.   .   *Rue des Bourdonnais, 30.*
   (Suite)   Marquis de Villeroi, maréchal de France, gouverneur du Lyonnais, 1615.
1680. Pajot, contrôleur général des Postes.
Pajot de Villiers.
Comte d'Onzembray.
1768. A. Gérard Galley.
1787. Ducloslange, secrétaire du roi.
1792. Combes, verrier.
Tollard.
1842. Gervais.

De Vitri. . . . . . . •   *Rue Saint-Louis* (Turenne, 16), au coin de la rue des Minimes.
De Vitry.
Maréchal de Catinat.

De Vougy. . . . . .   *Rue Coq-Héron, 5.*
1730. D'Olonne.
Thoinard de Vougy, fermier général.
De Nicolaï.
Hôtel garni.
Frères Enfantin, banquiers.
Dupin aîné.
Caisse d'Épargne.

Voysin. . . . .   *Rue Saint-Louis* (Turenne), 56 *ou 60,* entre les rues Saint-Claude et du Pont-aux-Choux.
Chancelier Voysin.
De Jumilhac.
1791. Comte d'Erlach.

DE LA VRILLIÈRE — *Rue Saint-Florentin*, au coin de la rue de Rivoli.
Bâti par Chalgrin.
Samuel Bernard.
Phélyppeaux de La Vrillière de Saint-Florentin.
De Fitz-James.
De l'Infantado.
Marquis d'Hervas.
Prince de Talleyrand.
Princesse de Lieven.
Baron de Rothschild.

HOTEL ZONE.... — *Rue de Lourcine*, 29 ou 31, en face la rue des Lyonnais, près le pont aux Tripes.
Hôtel de campagne de la commanderie de Saint-Jean-de-Latran; vulgairement appelé Hôtel Jaune.
Le boulevard de Port-Royal passe sur son emplacement.

TABLE GÉNÉRALE

DE RENVOI DES NOMS AUX HOTELS

OU ILS SONT CITÉS

———

Académie Dugat......	Bouville.
— Dugier.....	Bouville.
— d'Equitation	Taranne.
— française...	Fermes.
Adanson.	Querhoënt.
Affry...............	Bernage.
Agasse.............	Thou.
Agénois............	Aiguillon.
Aguado............ ..	Auguy. — Feuchères. — Laval.
Aguesseau...........	Aguesseau. — Université.
Aiguillon............	Aiguillon. — Bourbon. — Maurepas.
Ailly...............	Pontchartrain.
Alais...	Lamoignon.
Alberg.............	Créqui.
Albret..............	Albret.
Alby...............	La Reynie.
Alençon............ ..	Choisy. — La Force. — Longueville. — Luxembourg.
Aligre..............	Aligre. — Bauffremont. — La Guiche.
Allemans...........	Ventadour.
Alluye...	Angivilliers.

Argenteau............	Augny. — Ecuries du Luxembourg.
Argenteuil..	Vaupalière.
Argouges.......... ..	Carnavalet. —Séguier. — Taranne.
Armagnac............	Armagnac. — Clamart. — Palais-Royal.
Armaillé.............	Armaillé.
Armenonville..	Armenonville.— Flandre. Noailles.
Arnauld.............	Monaco.
Arnoncourt...	Intendant de Paris.
Arselot.............	Arselot.
Arsenal....	Le Pelletier.
Artaguette...........	La Rocheguyon.
Artois..............	Bourgogne.
Asfeld..............	Asfeld.
Assomption......... ..	Joyeuse.
Astorg.............	Aiguillon.
Astry...	Astry.
Auberry.............	Le Rebours.
Aubert.............	Le Pelletier.
Aubespine...........	Laval.
Aubeterre...........	Aubeterre.
Aubray.............	Aubray. — La Reynie.
Aubriot.............	Prévôt de Paris.
Augereau...	La Force. — Navailles.
Augny..	Augny.
Aulnay.............	Le Pelletier.
Aumale........	Clèves.
Aumont.......	Aumont. — Crillon. — Mailly. — Villequier.
Auvergne............	Auvergne — Mailly. — Saumery.
Avaray.............	Avaray.
Avejan.............	Avejan.
Avesnes............	Sinety.
Bacqueville......... .	Tessé.
Bagration...	Brunoy.

Baillet............	Fermes.
Bailleul.............	Bailleul.
Bainting...	Tréneuc.
Balincourt........... ...	Balincourt.
Balivière........... ...	Senneterre.
La Balue.............	La Balue.
Balzac..............	Prévôt de Paris.
Bandeville......	Morstin.
Banque de France....	Pomponne. — Toulouse.
Bar...............	Nesmond.
Barbanson...	Barbanson. — Mazarin.
Barbeaux...........	Barbeaux.
Barbet de Jouy.......	Clermont.
Barbette....~........	Barbette.
Barbezieux...........	Preuilli.
Barcle............. ...	La Vaupalière.
Barnabites...	Jarnac.
Baroche........... ...	Matignon.
Barras............. ...	Tréneuc.
Le Bas.............	Charollais. — Mansard.. Le Tellier.
Basoun...	Saint-Chamant.
Bassano...........	Valentinois.
Baulny........... ..	Talaru.
Baunes.............	Baunes.
Bauyn.....	Venise.
Bavière........... .	La Force — Orléans. — Prévôt de Paris.
Basinière...........	Bouillon. — Gesvres.
Beauffremont........	Beauffremont —Taranne
Beaufort........	Maillé.
Beauharnais....... ..	Aligre. — Béthune Charost. — Condorcet. — Dillon.
Beaujon.......	Evreux.
Beaumarchais........	Beaumarchais.
Beaumont...........	Beaumont. — Condé.
Beaupréau....	Beaupréau.
Beausire...	Intendant de Paris.

Beautru-Serrant......	Beautru.
Beauvais.............	Beauvais. — Béthune. — Créquy. — Feuquières. — Lamoignon. — St-Victeur Senneterre.
Beauvau.............	Beauvau.
Beauvilliers.........	Beauvilliers.
Béchamel............	Saint-Pouange.
Bedford.............	Orgemont.
Bellanger...........	Carnavalet. — Hervalt.
Belleforière........	Maisons.
Bellegarde..........	Fermes.
Belletrux...........	Montbazon.
Bellièvre...........	La Trémoille.
Bellinaye...........	La Bellinaye.
Bellune............	Baunes.
Benonville..........	Rupelmonde.
Bercheny...........	Bercheny.
Berchère...........	Joly de Blaizy.
Béringhen..........	Béringhen.
Bernage............	Bernage.
Bernard (Samuel)....	Boulainvilliers. —La Vrillière.
Berri..............	Nesle.— Orgemont. — Orléans. — Prévôt de Paris. — Reine Blanche.
Berryer............	Sinety.
Berthier..	Bertin. — Intendant de Paris. — Monaco.
Berthould..........	Brutelle.
Bertin.............	Bertin. — Noailles. — Rougeau.
Bertrand...........	Condorcet. — La Rocheguyon.
Bertraniosse........	Le Rebours.
Bérulle............	Aligre.— Bérulle. — Bouchage.
Berwick............	Berwick.
Béthizy............	Mézières. — Pet au Diable

Béthune.............	Asfeld. — Béthune. — Béthune Charost. — Chatillon. — Créquy. — Crozat. — Roquelaure.
Betz................	Marsan.
Beurnonville........	Brunoy.
Beuvron............	Harcourt.
Beuzelin...........	La Force.
Bézenval...........	Pompadour.
Bezons.............	Bezons.
Bibliothèque........	Mazarin.
Bièvres.............	Ecuries de Monsieur.
Bignon.............	Bignon. — Pontchartrain.
Biron..............	Biron. — Harcourt. — Montalembert.
Biseuil.............	Hollande.
Bisseaux...........	Sinety.
Blacas.............	Soyecourt.
Blanche de Castille...	Soissons.
Blondi.............	Nesmond.
Blouin.............	Blouin.
Bochard............	Mortemart.
La Boderie.........	Le Fèvre.
Boffrand...........	La Balue.
Bohème ou Bohaigne.	Soissons.
Boisfranc..........	Gesvres.
Boisgelin..........	Boisgelin. — Turgot.
Boisregard.........	Salm.
Boissy.............	Beauffremont. — La Reynie.
Bonaparte..........	Blouin. — Brienne. — Charost. — Condorcet. — Pompadour.
Bonneval...........	La Salle. — Talaru.
La Borde...........	Choiseul. — Rohan.
Des Bordes.........	Cambis. — Pimodan.
Bordier............	Bordier.
Borghèse...........	Vaudreuil.

Bosmelet.............	La Force.
Bosnier.......	Du Lude.
Bossange............	Brancas.
Du Bouchage........	Bouchage. — Joyeuse.
Boucherat...........	Boucherat.
Bouchet.............	Université.
Boucot.............	Boucot.
Bouër	Le Rebours.
Boufflers...........	Boufflers. — Saint-Gé-ran.
Bouffret.............	Rolland.
Bouillon	Bouillon. — Mailly. — La Rochefoucauld. — Turenne.
Boulainvilliers........	Boulainvilliers. — Mousquetaires gris.
Boulangerie	Scipion.
Bourbon	Bourbon. — Brienne. — Charny. — Clermont. — Condé. — Conti. — Ecuries du Luxembourg. —Marie. — Prévôt de Paris. — Reine Blanche.
Bourdeaux..........	Bordeaux.
Bourée......	Estrées.
Bouret.....	Choiseul. — Mallet.
Bourgade...........	Bourgade.
Bourgogne....	Bourgogne.— Flandre. — Prévôt de Paris.
Bourmont..	Brou.
Boursier	Lamoignon.
Boussière...	Epernon.
Bouteville....	Royaumont.
Bouthiller........ ..	Clèves.— La Force.—Harlay.
Boutin.............	Ménars.
Bouville.............	Bouville.
Boyer	Feuquières.

Boynes............	Boynes.
Brabant.............	Flandre.— Prévôt de Paris.
Bragelonne..........	Saint-Victour Senneterre.
Brancas	Brancas. — Lauragais. — Sinety.
Bréhant.............	Bréhant.
Bretagne	Bretagne. — Nesle.
Bretesche	Montbazon.
Breteuil........... .	Breteuil. — Chatillon. — Preuilli. — Tresmes. — Villedeuil.
Bretonvilliers........	Bretonvilliers.
Brézé	Barbette.
Brienne	Brienne. — Lautrec.
Briffe...............	Briffe. — Carnavalet. — Estrées. — Faudoas.— Taranne.
Briges..............	Mallet.
Brillout	Pontchartain.
Brinvilliers..........	Brinvilliers.
Briois..............	Bourdeaux.
Brionne.............	Armagnac.
Brissac........	Brissac. — Collande. — Cossé-Brissac. — Hinisdal.
Brochant............	Ambrun.
Broglie.............	Broglic. — Lignerac.
Bronville......... ...	Villequier d'Aumont.
Brue	Elbeuf.
Brunet.............	Carnavalet.
Brunov........... .	Brunoy.
Brunswick	Luxembourg.
Brutelle............	Brutelle.
Buci........	Lyon.
Budé.....	Vic.
Bugny..............	Mailly.
Bullion.	Bullion.— Flandre — Michodière.— Rohan-Guéménée.

Bussy..........	Caumartin.
Cabanis.............	Clermont Tonnerre.
Cadore.............	Châtelet.
Cagliostro..........	Harlay.
Cahouet	Béthune.
Cailly.............	Caumartin.
Caisse d'épargne......	Hervalt. — Vougy.
Calendre	Conti.
Cambacérès	Roquelaure.
Cambis....	Sourdis.
Camus.........	Camus. — Estrées.
Camuset............	Tresmes.
Canillac...	Bordier. — Canillac.
Canuel.............	Sommariva.
Capiomont..........	Thou.
Capitainerie.........	La Force.
Capucins...........	Joyeuse.
Caraman............	Auvergne. — Barbanson.
Cardon.............	La Vieuville.
Carnavalet	Carnavalet.
Carvoisin	Carvoisin. — La Roche-guyon.
Casernes. Garde Municipale	Nivernais.
— Gardes de Monsieur.	Sens.
— Infanterie ..	Grand prieur du Temple.
— Reuilly....	Manufacture de glaces.
Casimir-Périer	Gesvres.
Castanier...........	Villequier d'Aumont.
Castellan...........	Choisy.
Castellane..	Berwick. — Soyecourt.
Castiglione..........	La Force. — Navailles.
Castries	Castries.
Catherine de Médicis.	Soissons.
Catinat.............	Université. — Vitry.
Caumartin	Commartin. — Epernon.
Caumont...........	La Force. — La Motte Houdancourt.

Cavaignac............	Matignon.
Cavoie ou Cavois	Cavoie.— Matignon.
Cazeaux.............	Périgord.
Cercle agricole	Mailly.
Céreste.............	Sinéty.
Chaalis.......... .. .	Chaalis.
Chabannais........ .	Saint-Pouange.
Chabannes..........	Chabannes.
Chabot.............	Lorraine. — Rohan.
Chabrillan	Aiguillon.— Maurepas.
Chaillou	Tallard.
Chailly.............	Albret.
La Chaise...	Le Fèvre.
Chaix d'Est-Ange.....	Montholon.
Chalais	Dillon.
Chalmazel...........	Talaru.
Chalons.............	Chalons. — Le Fèvre.
Chamillard..........	Beauffremont.— Flandre. — Gesvres.
Champlatreux	Faudoas.
Chancellerie...	Chancellerie.—Argenson.
Chanteprime........	Pet au Diable.
Chantier du Temple.	Soubise.
Chantosme..........	Brancas.
Chaptal	Broglie.
Chardin Hadancourt.	Bretonvilliers.
Charlotte Corday.....	Hervalt.
Charny.............	Armagnac. — Lyonne. — Machault.
Charollais...........	Conti. — Menus Plaisirs. — Nesle.
Charost.............	Béthune. — Bouillon. — Charost.
Le Charron	Albret.— Le Charron.
Chartraire	Ventadour.
Chartres ....•...	Étampes.
Chastel............ ..	Bourdeaux.
Chastenay,..........	La Guiche. — La Vaupalière.

Chataignier........ .	Preuilli.
Chateauneuf.........	Chatillon. — Laval. — Phélippeaux.
Chateauvieux	Chateauvieux.
Chateauvillain........	D'O.
Chateauvillars........	Valentinois.
Châtelet	Châtelet. — Lambert.
Chatellerault.	Mazarin.
Chatillon...........:...	Bourbon. — Broglie. — Chatillon. — Clermont. — Montmorency. — Saint-Gélais. — La Vallière.
La Châtre...........	La Châtre.
Chaulnes............	Chaulnes. — Vendôme.
Chaumont	Gouffier. — Montmorency.-
Chavannes..........	Foulon.
Chavigny	Chavigny. — La Force.— Harlay.
Chayla.........	Chayla.
Chemin de fer.Orléans	Mallet.
— P. L. M.	Récamier.
Chenard	Mailly.
Chénier	Estrées.
Cheniseau	Cheniseau.
Chevalier......... ..	Egmont.
Chevet.............	Croy.
Chevilly	Chevilly.
Chevreuse..........	Chevreuse. — Clèves. — Longueville.
Chevri	Mazarin.
Chimay..	Bouillon. — Mazarin. — Le Pelletier.
Choiseul............	Bellisle.— Boufflers. — Choiseul. — Desmarets.
Choisy.............	Choisy.
Chopin......	Vic.

Choux de Bussy.....	Caumartin.
Cipières.............	Angivilliers.
Clamart.............	Clamart.
Clérieu.............	Hercule.
Clermont	Bourbon. — Créquy. — Ecuries du Luxembourg. — Etampes. — Joyeuse. — Montalembert. — Preuilli.
Clèves.............	Clèves. — Nevers.
Clisson.............	Soubise.
Cluny...............	Cluny.
Cochois	Orléans.
Coëtanfao	Elbeuf.
Cœuvres	Pons.
Le Cogneux.........	Navailles.
Coictier	Orléans.
Coigny.............	Gesvres.
Coislin.....	Coislin.— Miromesnil.
Colbert.............	Beautru. — Villedo.
Coligny	Montbazon.
Collande............	Collande.
Collèges. Arménien...	Archives de Saint-Lazare.
— Charlemagne	Prévot de Paris.
— Stanislas	Mailly. — Terray.
Combes.............	Villeroi.
Combourg	Fieubert.
Comminges	Comminges.
Comte de Paris	Matignon.
Condé.............	Bourbon.— Clermont. — Condé. — Conti.— Fermes. — Lassay.
Condorcet...........	Condorcet.
Conseils de Guerre...	Toulouse.
Conservatoire de Musique.............	Menus-Plaisirs.
Considérant.	Mailly.
Contades............	Contades.

Conti..............	Angivilliers.— Brienne. — Conti. — Du Lude. — Nesle. — Grand prieur du Temple.—Soyecourt. — La Vallière.
Contrôle des finances.	Contrôleur genéral des Finances.
Corberon	Estrées.
Corps Législatif......	Lassay.
Corvisart.......	Lignerac.
Cosnac.............	Cosnac. — Du Lude.
Cotte Blanche........	Pons.
Coucy	Pet-au-Diable.
La Cour des Chiens..	La Cour des Chiens.— Richelieu.
Cour des fermes	Fermes.
Courmont...........	Charollais. — Mirabeau. —Le Tellier.
Courtanvaux	Souvré.
Courtenay...........	Béthune.
Crécy	Charost.
Crédit foncier	Villequier d'Aumont.
— mobilier,......	Crozat.
Creil..............	Le Tellier.
Créquy........	Charollais. — Créquy. — Elbeuf.—Montmorency. — Le Tellier.
Crevent.............	Preuilli.
Crillon.............	Crillon.
Croissy.............	Bezons.
Croix	Chatillon.
Crosse	Mailly.
Croy...............	Croy. — Maine.
Crozat	Choiseul. — Crozat.
Crussol......	Crussol. — Rambouil-let.
La Curée............	La Curée.
Curzay....	La Balue.
Czartoriska.	Lambert.

Daillon...	Du Lude.
Dainval	Feuchères.
Dalmatie	Périgord.
Damas	Damas d'Anlezy.
Dames blanches......	Du Tillet.
Dangeau.............	Dangeau.
Dantzick	Pérussse Escars.
Davoust.	Dillon.
Dauvet.............	Etampes.
De La Haye.........	Lambert. — Novion.
De La Vigne	Villedo.
Delessert	Gesvres. — Uzès.
Delpech	Bourgade. — Caumartin.
Demidoff.............	Bellisle.
Demonville..........	Seignelay.
Desèze.	Montbazon.
Desmares............	Villeroi.
Desmarets...........	Desmarets.— Lorraine. — Luxembourg.—Valentinois.
Desmousseaux........	Talaru.
Desnoyers.....	Montalembert.
Devillas.............	La Guiche.
Deville	Saumery.
Devink............. .	Le Rebours.
Deux-Ponts	La Vallière.
Dézarnod............	Soyecourt,
Diane ....~.....	Aligre. — Angoulême. — Barbette.
Dillon...............	Dillon.
F. F. de la Doctrine chrétienne.........	Montmorin.
Domaines.......... .	Nivernais.— Uzès.
Dombes............	Maine.
Dormans............	Orléans.
Douilly.............	Desmarets.
Driesche............	Hercule.
Duban	Novion.
Dubois........	Argenson. — Aumont.

9

Elysée-Bourbon......	Evreux.
Enfantin............	Vougy.
Entragues...........	Prévôt de Paris.
Epernon............. ...	Armenonville.—Epernon. Longueville.
Epinay..............	Sommariva.
Epine...............	Chatillon.
Erceville...........	Rolland.
Erlach............. ...	Voysin.
Ermitage............	Caumartin.
L'Escalopier.........	L'Escalopier.
Escars............	Harcourt.— Pérusse-Escars
Esclignac............	Esclignac.
Escoubleau	Sourdis.
Essling	Bentheim.
Espagnac........... ..	Esclignac.
Espare............. ...	La Guiche.
Espinasse.......... .	Créquy.
Espinchal...........	Espinchal.
Estang.........	Aumont. — Pastoret.
Este.............	Harcourt.
Estoile.............	Nevers.
Estoménil...........	Sens.
Estouteville....	Prévôt de Paris.
Estouville...........	Comminges.
Estrées............. ...	Bentheim. — Bouchage. Estrées.— Harcourt.— Maurepas. — Pons.
Étampes.	Clèves. — Créquy. — Étampes. — Mayenne. Mézières.—Royal Saint-Paul.
État-major. 1e Division	Ecuries comtesse d'Artois. — Estrée..
État-major. Garde nationale............	La Balue. — Grand prieur du Temple.
État-major. Place de Paris..............	Mansard.

Évreux...............	Estrées. — Evreux.
Eynard..............	Tallard.
Falcony............ .	Morstin.
Fanny Essler..... ...	Tréneuc.
La Fare....	La Fare. — Valentinois.
Faudoas.............	Faudoas.
Favras..........	Breteuil.
La Fayette..........	La Fayette. — Forcalquier La Trémoille.
Feltre..............	Harcourt.
Fénelon............. .	Fénelon.
Fériol..............	Marle.
Fermes.............	Fermes. — Longueville.
Fermiers généraux...	Fermes.
Ferriol....	Pons.
La Ferté........... ..	Choiseul. — La Feuillade. — Senneterre.
Fesch......	Montfermeil.
Feuchères	Feuchères.
La Feuillade........	La Feuillade. — Pomponne. — Saint-Chaumond.
La Feuillée..........	Novion.
Feuquières..........	Feuquières.
Le Fèvre............	Le Fèvre.
Feydeau	Brou.
Fieubet......	Fieubet.
Fitz-James........ ...	La Vrillière.
Flamarens	Séguier.
Flandre.............	Flandre.
Flavigny	Mailly.
Flesselles............	Charollais.
Foix................	Noailles.
Fontenay............	Le Camus. — Gesvres.
Fontenille..........	Lauragais.
Forcalquier.........	Forcalquier.
Force.	La Force.
Des Forts...........	Le Pelletier.
Fouché.............	Valbelle.

Fougères..	Fougères.
Foullon...	Foullon.
Fouquet...	Bellisle. — Fouquet.
Fourcroy.	La Trémoille.
Fourcy.............	Fourcy.
Fraignes...	Fraignes. — Gamaches.
Frémont.....	Mouy. — La Vallière.
Fresnoy...........	Choisy.
Friant.....	Intendant de Paris.
Fronsac...	Richelieu.
Fusées.....	Bordier.
Fustemberg........ .	Maurepas.
Gadicourt...	Le Fèvre.
Gaillard..	Fermes.
Galiéra....	Matignon.
Galiffet............ .	Galiffet. — Maurepas. — Preuilli.
Gallerande........ .	Preuilli.
Galley....	Villeroi.
Gamaches..........	Gamaches. —Du Rumain
Ganneron et Gouin...	Augny.
La Garde...........	La Garde.
Garde-Meuble.... ..	Marine (Ministère de la).
Garnier...........	Ventadour.
Gaucourt....... ...	Fieubet.
Genest............. ...	Preuilli.
Bureaux du Génie....	La Trémoille.
Genlis	Sillery.
Gensac.............	Gensac.
Germain..	Humières.
Gervais....... ... :.	Gervais. — Villeroi.
Gesvres........... ..	Gesvres.
Giac..............	Prévôt de Paris.
Giroux.......... ...	Bertin.
Gluck.......... ...	Beauffremont.
Godoï.............	Le Pelletier.
Gomare...........	Taranne.
Gondi....	Choisy. — Condé. — Joyeuse. — Lesdiguières

Goubert..............	Goubert.
Gouffier..............	Choiseul. — Gouffier.
Gournay............ ..	Gournay.— Montmorency
Gouvernement.......	La Force.
Gouy d'Arcy....	Gouy d'Arcy.
Gramont........... .	Clèves. — Gramont. — Lieutenant de police.
Grancey..............	Ménars.
La Grange...........	Mansard.
Grange-Batelière.	Pinon.
La Granville....... .	Laval.
Graville.........	Prévôt de Paris.
Greffulhe.......... ..	Rovigo.
Grimonville.........	La Force.
Gruin..	Pimodan. — Sourdis.
Gué................	Du Gué.
Guébriant...........	Guébriant. — Mortemart.
Guéménée......... ..	Guéménée. — Pomponne — Rohan Guéménée.
Guénégaud........ .	Albret. — Boucherat. — Conti. — Nesle.
Guénoux............	Mailly.
Guerchy............ .	Montmorency.
Guesle..	Chateauvieux.
Guiche............ .	Châtelet. — La Guiche. — Saint-Géran.
Guillaume......... ..	Prévôt de Paris.
Guimard.......... .	Perrégaux.
Guise.............. ...	Clèves. — Luxembourg. Soubise.
Guistade...	La Guistade.
Hainaut.......... ...	Prévôt de Paris.
Hallier....	Pomponne.
Hameaux..........	Rohan.
Happey.............	Beaumarchais. — La Vieu-ville.
Harcourt.......... ...	Harcourt.
Harlay.... ....:..	Aligre. — Harlay. — Luxembourg.

Hôtel	Garancières...	Villequier d'Aumont.
—	Hercule.......	Hercule.
—	d'Hostriche....	Longueville.
—	Jaune.........	Zône.
—	Melusine......	Argenson.
—	des Marmou-zets.........	Prévôt de Paris.
—	de la Miséri-corde	Soubise.
—	du Petit-Musc..	Mayenne.
—	du Pont-Perrin	Mayenne.
—	Penottier......	Gesvres.
—	Pet-au-Diable..	Pet-au-Diable.
—	Pinon.........	Pinon.
—	Porc-Epic.....	Prévôt de Paris.
—	Puteymuce....	Royal Saint-Paul.
—	de la Pissotte..	Royal Saint-Paul.
—	Petit-Paradis..	Sourdis.
—	Rhin.........	Le Pelletier.
—	de la Reine....	Royal Saint-Paul.
—	Salé..........	Le Camus.
—	Saint-Clair...	Nevers.
—	Saint-Maur....	Royal Saint-Paul.
—	Serpente......	Serpente.
—	de la Serpent..	Serpente.
—	Thoré.........	Albret.
—	des Tournelles	Orgemont.
—	de Travers	Richelieu.
—	des Ventes....	Bullion.
—	Vieux-Pont....	Elbeuf.
—	Zône.........	Zône.
Houssaie............		Aguesseau.
La Housse....		Séguier.
Hutin.............		La Balue.
Humières...........		Humières. — Preuilli.
Imbercourt......... .		Aligre.
Imécourt...........		Imécourt.
Imprimerie royale ou nationale..........		Strasbourg. — Toulouse.

Lanjuinais............	Valbelle.
Lanquetot............	Elbeuf.
Lanty...............	La Guiche.
Lapanouse...........	Montbazon.
Lapeyrière..........	Montbazon.
Laplace.............	Brancas.
Larrey..............	Sillery.
Lassai..............	Lassai.
Lassale.............	Louvois de Lassale.
Latour	Villedo.
Lauragais...........	Brancas. — Lauragais.
Lauriston...........	Béthune-Charost.
Lautrec.............	Lautrec.
Lauzun..............	Lautrec. — Pimodan. — Saint-Gélais.
Laval...............	Brancas. — Laval. — Soubise.
Lavalette...........	Fieubet.
Lavallée	Pimodan.
Lavardin............	Guéménée.
Law................	Mesmes.
Lebrun.............	Broglie. — Lubert. — Noailles.
Lechanteur.........	Ambrun.
Lecoq	Arselot.
Lecouvreur.........	Rannes.
Lefebvre...........	Condorcet.— Machault.— Pérusse Escars.
Lefort..............	Feuquières.
Legendre...........	Egmont.
Légion d'honneur....	Estrées. — Salm.
Legoux.............	Joly de Blaizy.
Lelièvre............	Montholon.
Lemassoy	Orléans.
Lenain.............	Orléans.
Léon...............	Mazarin. — Roquelaure. — Sourdéac.
Lepage.............	Gervais.
Lépine.............	Bellisle.

Lesdiguières.......... Lesdiguières. — Marigny. — Roquelaure.

Lespinasse .... Asfeld.

Le Tellier........... Hollande.

Levacher............ Pons.

Liancourt .... La Rochefoucauld. — La Rochreguyon.

Librairies. A. Aubry.. Aguesseau.
— Bossange... Talaru.
— Furne et Cie Chateauvieux.
— Illustration. Talaru.
— Maire Nyon. Sillery.
— Panckoucke. Serpente. — Thou.
— Plon .... Sourdéac.
— Renouard .. Brancas.
— Treuttel-Wurtz.... Lauragais.

Lieutenant civil...... Lieutenant civil.
— de police. Lieutenant de police.

Lieutraud........... Salm.

Lieven .... La Vallière.

Lignerac .... Lignerac.

Ligneris............. Carnavalet.

Ligny.............. Ligny. — Saint-Pol.

Lionne............. .. Contrôleur général.

Des Lions..... ..... Villedeuil.

Liste civile........ .. Estrées.

Lits militaires....... Lambert.

Livry .... Bourdeaux.—Lamoignon.

Lobeau............. Bentheim.

Longueville......... La Force. — Longueville.

Lorges .... Lorges. — Saint-Gélais. — La Vallière.

Lorraine .... Armagnac. — Clèves. — Contades. — La Curée. — Lorraine.—Navailles.

Louet .... Orléans.

Louvois............. Louvois. — Louvois de Lassalle.

Lubersac............	Sourdéac. — Soyecourt.
Lubert............ ..	Lubert.
Du Lude............	Du Lude.
Lusignan............	Argenson.
Lussac	La Rocheguyon.
Lussan..	Lussan.
Luxembourg	Chatillon. — Le Fèvre.— Harcourt. — Luxembourg.— Montmorency. — Preuilli. Saint-Pol.
Luynes	Chevreuse.— Etampes.— Longueville.- Nivernais.
Lyon................	Lyon.
Lyonne..............	Lyonne.
Machault............	Machault.
Magasins de la Chaussée-d'Antin........	Perrégaux.
Magasins Marie Stuart.	Saint-Chaumond.
— Pauvre Jacques	Hôpital.
Magasins Petit-Saint-Thomas............	Université.
Magasin Pont-Neuf....	Monnaie.
Magendie............	La Fayette.
Magon	La Balue.
Maignelay...........	Joyeuse.
Maillé............ ...	Maillé. — Monteclerc.
Maillebois	Maillebois.— Valentinois.
Mailly............ ..	Mailly. -- Mazarin.
Maine..............	Biron. -- Maine.
Maintenon.......... ..	Du Lude. - Plélo.
Mairies.— Ier puis VIIIo	Contades.
— IIe	Pinon.
— IIIe	Intendant de Paris.
— VIIIe	Villedeuil.
— IXe	Aumont.
— Xe	Feuquières.
— XIe	Sourdéac.
— IIe puis IXe.	Augny.

Maisons..	Maisons.— Roquelaure.
Mallet..	Mallet. — Prévost de Paris. — Le Rebours.
Mandat........... ..	Valentinois.
Mansard........... ..	Lenclos.— Mansard.
Manufacture de glaces.	Manufacture de glaces.
Manufactures de Gobelins	— des Gobelins.
Marangy	Rambouillet.
Marbœuf.......... .	Blouin.
Marcay.............	Gesvres.
Marche.	Conti.
La Marck...........	La Marck.
Mareuil	Fieubet.
Marigner...	La Rocheguyon.
Marigny............	Longueville. — Marigny. Séguier.
Marillac.	La Trémoille.
Marion Delorme.....	Guéménée. — Le Pelletier.
Marle	Marle.
Marmont............	Brunoy.
A. Marrast	Broglie.
Mars...............	La Cour des Chiens. — Marsan. — Pons.
Martelet Saint-Jean...	Pet-au-Diable.
Martin Fumée	Marle.
Martinville..........	Le Pelletier.
Martonne.......... .	De La Salle.
Massiac............ .	Pomponne.
Matignon	Biron.— Petite Bretagne. Matignon. — Pons.
Mauconseil.....	Orléans.
Maulevrier..........	Saumery.
Maupeou............	Aligre. ··· Broglie. — Le Lude. ··· Rougeau.
Maurepas ....:...	Maurepas.
Mayenne............	Mayenne.
Mazade.........·.....	Villequier d'Aumont.

Ministère. Trésor.....	Mazarin.
Mirabeau.............	Mirabeau.
Mirepoix.............	Mirepoix.
Miron...............	Caumartin.
Modène	Harcourt.
Molé	Ambrun — Roquelaure. — La Vaupalière.
Monaco	Matignon. — Monaco. — Université. — Valentinois.
Monerat.............	Ambrun.
Monerot.............	Gramont.
Monnaie.............	Conti. — Monnaie. — . Nesle.
De la Monnoye	Senneterre.
Mont de Piété........	Lussan.
Montagu.	Sourdéac.
Montaigu............	Barbette. — Prévôt de Paris.
Montalembert	Montalembert.
Montalivet...........	Lambert.
Montataire	Montataire.
Montaran............	Bourdeaux. — Orléans.
Montausier	Rambouillet.
Montbazon	Montbazon. — Pomponne. — Rohan Guéménée.
Montboissier.	Avejan. — Bordier.
Montchevreuil.......	Montchevreuil.
Montebello..........	Mazarin. — Navailles.
Monteclerc	Monteclerc.
Montesquiou	Cosnac. — Ecuries de Monsieur. — Montesquiou.
Montesson...........	Montesson.
Montfermeil..........	Montfermeil.
Montholon	Montholon. — Montmort. Valentinois.
Montigny	Guébriant.

Montmorency.........	Albret.— Brancas.— Harcourt. — Humières. — Laval. — Luxembourg. — Matignon.— Mesmes. — Montmorency.—Prévôt de Paris. — Royaumont.—Sourdis.—Tingry.
Montmorin..........	Montmorin.
Montmort..........	Caumartin. — Du Lude. — Montmort.
Montpensier.........	Bouchage. — Bourbon.— Fermes.—Luxembourg. — Nesmond.
Montréal.......	Montréal.
Montrevel..........	Novion.
Montriblout.........	Epernon.
Montsorreau.........	Université.
Morangis............	Foullon. — Le Rebours. Venise.
Moras..............	Biron.
Moreau............ .	Fougères. — Nicolaï.
Moreton............	Maurepas.
Morstin	Morstin.
Mortagne..	Mortagne.
Mortemart..........	Beauvilliers. — Châtelet. — Mortemart.
Mortier	Humières.
Morveau	Morveau.
Moskowa............	Laffitte.
La Motte Houdancourt.	La Motte Houdancourt.
Mouchy............	Carvoisin — Laffitte.
Mousquetaires.......	Mousquetaires.
Moussy.............	Séguier.
Mouy	La Curée. — Mouy.
Murat..............	Evreux. — Thélusson.
Musée de la ville de Paris..............	Carnavalet.
Muy................	Montmorency.

Muzard	Osmond.
Muzeau	Lorraine.
Nangis	Saumery.
Nansouty	Dangeau.
Nanteau	Marsan.
Narbonne	Narbonne-Pélet.
Naugude	Rovigo.
Navailles	Navailles.
Navarre	Lyon. —Reine Blanche.
Necker	Récamier.
Nemours	Chatillon.
Nesle	Cosnac. — Nesle. — Soissons.
Neuville ou Neufville.	Lesdignières. — Villeroi.
Nevers	Conti.— Mazarin.—Nesle. — Nevers.— Villequier d'Aumont.
Ney	Villeroi.
Nicolaï	Chaulnes. — Lamoignon. Lieutenant civil. — Nicolaï. — Tallard. — Vougy.
Ninon de Lenclos	Lenclos.
Noailles	Estrées. — Noailles. — Villeroi.
Nivernais	Nivernais.
Noé	Noé.
Nointel	Soint-Pouange,
Le Noir	Aumont.
Noirmont	Machault.
Noirmoutiers	Rambouillet. — Le Rebours. — Sens.
Nonce apostolique	Ambrun. — Auvergne.— Pastoret.
Nourrit	Mortagne.
Novion	Novion.
Noyer	Machault.
D'O	Etampes.— D'O.— Rambouillet.

Oberkampf	Boufflers.
Ogier	Pimodan.
Ollone	Vougy.
Onzembray..........	Dangeau.— Matignon. — Villeroi.
Orgemont...........	Orgemont.
Orléans	Luxembourg. — Montesson — Nivernais.— Orgemont. — Orléans. — Palais-Royal. — Prévôt de Paris. — Grand Prieur du Temple. — Soissons. — La Trémoille.
Ormessson....... ...	Mayenne. — Ormesson.
Orry...............	Beauvais.
Orsan.......	Ventadour.
Orsay	Clermont.
Orvillé........... .	Harlay.
Ostrevant	La Force.
Otrante	Valbelle.
Outremont........ ..	Lieutenant civil.
Ouvrard	Montesson.
Padoue.......	Mallet.
Pagès...	Valentinois.
Paillard	Clamart.
Pajot...............	Caumartin. — Villeroi.
Palais-Bourbon.. ...	Lassai.
— Cardinal	Palais-Royal.
— du Directoire..	Luxembourg.
— Orléans.......	Luxembourg.
— des Pairs et du Sénat	Luxembourg.
Palais-Royal	Palais-Royal.
— Des Tournelles	Orgemont.
La Palue...	Saint-Géran. — Séguier.
Pange............. ..	Bourdeaux.
Papillon.............	Vic.
Parent-Duchatelet	Ambrun.

Pâris................	La Force.— La Vieuville.
Pastoret.............	Pastoret.
Péan de Saint-Gilles..	Fougères.
Pellaprat............	Bouillon.
Le Pelletier.........	Effiat. — Le Pelletier. — Rosambo.
Pellevé..............	Sens.
Pension Favart.......	Mayenne.
— Jauffret...,..	Guéménée.— Le Pelletier.
— Liautard	Terray.
Péreire..............	Guébriant.
Péreuse	Venise.
Périer ....'....	Rovigo.
Périgord	Dillon. — Périgord.
Perrault.............	Beauffremont.
Perrégaux.......... .	Perrégaux.
Perrochel............	Le Fèvre.
Pérusse.............,	Pérusse-Escars.
Petites Affiches.......	Menars.
Petit-Bourbon...... .	Lassai.
Peyre...............	Boulainvilliers.
Phélippeaux	Contrôleur général.— Marigny. — Maurepas. — Phélippeaux. — Pontchartrain. — Toulouse. — La Vrillière.
Pichon..............	Pimodan.
Picquet	Novion.
Pidoux..............	Ecuries de la comtesse d'Artois. — Gamaches.
Piémont	Reine Blanche.
Piennes.............	Hercule.
Pierre le Grand.......	Lesdiguières.
Pimodan......... ...	Pimodan.
Pisany..............	Rambouillet.
Plaisance............	Noailles.
Plélo...............	Plélo.
Plessis	Maurepas. — Pastoret. — St-Gélais. — Le Tellier.

Poisson de la Bourvallais..............	Aubray. — Chancellerie.
Poitiers.............	Hercule. — Rupelmonde.
Police	Villeroi.
Polignac	Fraignes. — Mézières. — Polignac.
Polissard	Le Fèvre.
Pommeret...........	Valentinois.
Pommereul	Carnavalet.
Pompadour.........	Chatelet. — Evreux. — Pompadour.
Pompes funèbres.....	Du Tillet.
Pomponne..........	Monaco.— Pomponne.
Pons...............	Mailly.— Pons. — Roquelaure.
Pont.............. ..	Tallard.
Pontchartrain.......	Contrôleur général.— Marigny.— Pontchartrain.
Poquelin...	Lubert.
Porcherie St-Antoine.	Lamoignon.
Portail...	Novion.
Portalis............	Breteuil.
Porthmouth.........	Beauffremont.
Postes..............	Armenonville.— Longueville. — Villeroi.
Potier..............	Du Rumain.
Poultier............	La Force.
Pozzo di Borgo	Soyecourt.
Préamened........ . .	Clermont.
Préfecture de police..	Premier Président.
Premier Président....	Premier Président.
President du Conseil d'Etat............	Villeroi.
Presles............	Conti. — Villeroi.
Preuilli	Preuilli.
Prévot de Paris.......	Prévôt de Paris.
Prévôté de l'Hôtel du Roi...............	Sinety.
Prince de la Paix.....	Le Pelletier.

Pussort ♟	Noailles.
Puységur	Rouault.
Puysieux	Aligre.
Querhoënt ou Ker- hoënt	Elbeuf. — Quenhoënt.
La Queuille	La Queuille.
Quin e-Vingts	Mousquetaires noirs.
Rachel	Rohan.
Racine	Rannes.
Ragny	Ventadour.
Rambouillet	Palais-Royal. — Ram- bouillet.
Rançonnette	Beaumarchais.
Rannes	Séguier. — Rannes.
Rapp	Brancas. — Montmo- rin.
Ravannes	Dillon.
Réal . . . ⟩	Écuries de la comtesse d'Artois.
Le Rebours	Le Rebours.
Récamier	Récamier. — Vérue.
Régnard ou Renart . . .	Regnard.
Reille	Comminges.
Reine Blanche	Reine Blanche.
— Hortense	Saint-Jullien.
— Marguerite . . .	Mirabeau. — Reine Mar- guerite.
Religieuses. Augusti- nes	Grand prieur du Temple.
Religieuses. Bénédic- tines	Écuries de Monsieur.
Religieuses. Filles Pé- nitentes	Soissons.
Religieuses. Filles Ste- Agnès	Le Tellier.
Religieuses. Filles St- Gervais	Boucherat. — D'O.
Religieuses. Saint-Sa- crement	Turenne.

Religieuses. Saint-Vin-cent-de-Paul........	Chatillon.— La Vallière.
Religieuses. Union chrétienne	Saint-Chaumond.
Renouard	Brancas. — Pons.
Retz	Cambis.— Choisy.— Con-dé. -- Lesdiguières. — Vendôme.
Réveillon............	Titon.
La Reynie...........	La Reynie.
Rheims	Clamart.
Richard......... ..	Montbazon.
Richelieu.......... ..	Brienne.— Estrées.— Ga-liffet.— Maurepas.-- Pa-lais-Royal.— Richelieu.
Richemont..........	Prévôt de Paris
Rieux..............	Hollande. Rieux. — Sourdéac.
Rigny............ ..	Saint-Chamant.
Rivié................	Luxembourg.
Rivière.............	Rivière.
Robeck.............	Baunes.
Robillard	Elbeuf.
Rochambeau........	Rochambeau.
Roche-Aymon........	Aguesseau.
Rochebrune.........	La Curée.
Rochechouart	Beauvilliers. — Châtelet. -- Miromesnil.— Mont-mort.— Navailles
Rochefort...........	Hollande. — Rieux.
Rochefoucauld	La Force. — Joyeuse. — Preuilli. — La Roche-foucauld.
Rocheguyon.........	La Rocheguyon. — Sou-bise.
Rochejacquelin.......	Maurepas.
La Rochepot	Joly de Blaizy. — Prévôt de Paris.
Roche-sur-Yon.... ..	Lautrec.

Rocquencourt........	Aligre.
Rœderer	Vaupalière.
Rohan	Guéménée.— Mazarin. —Mézières.— Pomponne.—Rohan.— Strasbourg.
Le Roi de France	Nesle.—Orléans.— Palais-Royal. — Premier Président. — Tuileries. — Saint-Paul.
Roise	Mazarin.
Rolland........	Rolland.
Roquelaure..........	Béringhen. — La Force. — Du Lude. — Roquelaure.
Rosambo	Rosambo.
Rothelin	Conti.
Rothembourg........	Croy.
Rothschild	Egmont. — Rovigo. — Saint - Jullien. — La Vrillière.
Rotrou.............	Tresmes.
Rouault.............	Rouault.
Rougé.............	Angennes.
Rougeau	Rougeau.
Rougemont	Boulainvilliers.
Rougevin	Laffitte.— Mazarin.
Rouillé.............	Pastoret. — Toulouse. — Villequier d'Aumont.
Roure.............	Comminges.— Du Roure.
Rousseau	Marle.
Rovigo.............	Rovigo.
Royaumont	Royaumont.
Rubempré	Mailly.
Rumain............	Rumain.
Rupelmonde	Rupelmonde.
Sablière............	Rambouillet.
Sacré-Cœur....... ...	Archives de Saint-Lazare. — Biron.
Sagonne.............	Mansard.

Saron...............	Mortemart.
Sartines.............	Lieutenant de police.
Sassenage...........	Tallard.
Saumery............	Saumery.
Sauvigny............	Intendant de Paris.
Savari ou Savary.....	Lorraine. — Rovigo.
Savoie..............	Ecuries du Luxembourg.
Savoisy.............	Lorraine.
Schikler.............	Crozat.
Schneider	Imécourt.
Schomberg..........	Aligre.— Nesmond.
Schwartzemberg......	Montesson.
Scipion.....	Scipion.
Sébastiani.....	Sébastiani.
Séguier...	Etampes. — Fermes. — Séguier.
Séguin.......	Clermont.
Seignelay...........	Béthune-Charost. — Seignelay.
Seillière.............	Monaco. — Thun.
Seissac.............	Clermont.
Séjour d'Orléans.....	Chateauvieux.— Mesmes. — Orléans.
Senneterre	Saint-Victour Senneterre. — Senneterre.
Sens	Charny. — Sens.
Sévigné.............	Carnavalet.
Seymour....	Brancas.
Sicile...............	La Force. — Orléans. — Sicile.
Sillery..............	Aligre. — Sillery.
Sinety	Sinety.
Soissons.............	Fermes. — Soissons.
Sommariva..........	Sommariva.
Sonne...............	De la Sonne.
Sordière............	Sordière.
Soubise	Soubise. — Soyecourt.
Soult...............	Périgord.
Sourches............	Université.

Sourdéac...............	Sourdéac.
Sourdis...............	Cambis. — Sourdis.
Souvré...............	Grand prieur du Temple. — Souvré.
Souzel...............	Pons.
Souzy...............	Le Pelletier.
Soyecourt............	Soyecourt.
Spare...............	Conti.
Staël...............	Salm.
Stonville............	Rouault.
Strasbourg...........	Strasbourg.
Suchet...............	Blouin.
Sulli...............	Turgot.
Synagogue............	Pet-au-Diable.
Talaru...............	Talaru.
Tallard...............	Bretonvilliers. — Tallard.
Talleyrand............	Créquy. — Matignon. — La Vrillière.
Talma...............	Condorcet.
Talmond............	Maurepas. — Mazarin. — La Trémoille.
Talon...............	Créquy.
Tambonneau...........	Pons. — Villeroi.
Tamncy...............	Tréneuc.
Tapis d'Aubusson.....	Montholon.
Taranne...............	Taranne.
Taylor...............	Rosambo.
Le Tellier............	Charollais. — Le Tellier.
Tencin...............	Béthune-Charost. — Saumery.
Ternaux...............	Pomponne.
Terrat...............	Brancas.
Terray...............	Terray.
Tessé...............	Maurepas. — Tessé.
Thayer...............	Asfeld.
Théâtre historique...	Foullon.
— Lyrique.....	Foullon.
— Opéra.......	Choiseul. — Gramont. — Louvois.

Théâtre (Petit-Théâtre)	Tréneuc.
— Vaudeville..	Montmorency. — Rambouillet.
Thélusson............	Thélusson.
Thévenin.....	Ménars.
Thierry.............	Taranne.
Thorigny	Lambert. — Matignon.
Thou	Thou.
Thuillier............	Pet-au-Diable.
Thun............. ...	Thun.
Tillemont...........	Orléans.
Tilleras	Gervais.
Tillet	Epernon. — Tillet. — Titon.
Tillières	Osmond.
Tingry..............	Matignon.— Montmorency.— Tingry.
Titon	Tillet. — Titon.
Tollard	Villeroi.
Le Tonnelier.	Preuilli.
Torcy..............	Bezons. — Pet-au-Diable. — Villeroi.
Torpanne...........	Bignon.
Touanne......	Pons.
Toulouse	Richelieu. — Toulouse.
La Tour Maubourg ..	Mazarin.
Tourzel.............	Harcourt.
Traynel.............	Ursins.
La Trémoille........	Bentheim. — Egmont. — Joyeuse. — Mazarin. — Sens. — La Trémoille.
Tréneuc...	Tréneuc.
Tresmes ou Trèmes..	Angivilliers.— Gesvres.— Tresmes.
Trésorier	Trésorier.
Trévise.............	Humières.
Tripier.............	Lussan.
Tubeuf	Bezons. — Mazarin.
Tuileries...........	Tuileries.

Turenne....	Plélo. — Turenne.
Turgot...............	Turgot:
Tyron...............	Nesmond.
Université...........	Université.
Ursins..............	Ursins.
Uxelles	Marsan.
Uzès...............	Rambouillet. — Rupelmonde.— Uzès.— Vaudreuil.
Valbelle	Valbelle.
Valentinois	Barbette. — Matignon.— Monaco. -- Université. — Valentinois.
La Valette...........	Armenonville.
La Vallière........ ..	Chatillon. — La Vallière.
Valmy..............	Du Lude.
Valois	Lamoignon.
Valtenay...........	Morstin.
Valton....	Monaco.
Varangeville	Rupelmonde.
Le Vasseur..........	Turenne.
Vaubécourt	Beauffremont.
Vaucanson	Mortagne.
Vaudémont	Mayenne.
Vaudreuil...........	Vaudreuil.
La Vaupalière........	La Vaupalière.
Vauréal	Châtelet.
Vendôme............	Mazarin. — Preuilli. — Vendôme.
Venise..............	Venise.
Ventadour	Ventadour.
Vérac..............	Angennes.
Vergniaud...........	Mansard.
Verthamont.........	Aligre.
Vertillac	Chabannes.
Vertus.............	Béthune
Vérue..............	Toulouse. — Vérue.
Vic.................	Vic.
Victor Hugo	Guéménée.

Le Vieulx...........	Guébriant.
Vieux Temple	Pet-au-Diable.
La Vieuville.........	Beaumarchais. — Chateauvieux. — Longueville. — La Vieuville.
Vigan...........	Turgot.
Villarceaux..........	Pomponne.
Villars...............	Navailles.—Rupelmonde. — Sinety.
Villayer...........	Chateauvieux.
Villedo..............	Villedo.
Villemaloux.........	Pomponne.
Villèle.	Jarnac.
Villequier...........	Villequier d'Aumont.
Villeroi..............	Le Camus.—Lesdiguières. — Longueville. — Villeroi.
Villeron de Cambis..	Cambis.
Villers..............	Caumartin. — Mailly.
Villette.............	Elbeuf.
Villiers.............	Villeroi.
Visconti..	Marsan.
Vitry............. ...	Le Charron. — Saint-Géran. — Vitry.
Viviers......	Montmorency.
Vogué..............	Bentheim.
Vougy..............	Vougy.
Voysin............. .	Voysin.
La Vrillière.........	Maurepas.— Toulouse. — La Vrillière.
Wagram.............	Bertin. — Monaco.
Warin..............	Béringhein.
Xavier.....·........	Sébastiani.
Zamet..............	Lesdiguières.
Zône................	Zône.

TABLE DES RUES

QUAIS OU PLACES CITÉS DANS L'OUVRAGE

AVEC LES

DIFFÉRENTS HOTELS QUI S'Y TROUVENT

Beautreillis..........	Lyonne. — Machault. — Monaco.
Bercy...............	Chaulnes.
Bergère.............	Boulainvilliers.— Menus-Plaisirs.
Bernardins..........	Bignon.
Quai de Béthune, des Balcons ou Dauphin	Ambrun.— Astry. — Bretonvilliers. — Fénelon. — Richelieu.
Béthizy.............	Montbazon.
Blancs-Manteaux.....	Novion.
Bondy..............	Aligre. Rosambo.
Bons-Enfants........	Argenson. — La Roche-Guyon.
Boudreau...........	Imécourt.
Boulevard Beaumarchais..............	Beaumarchais.
Boulevard des Italiens	Brancas.
— Poissonnière	Montholon.
— du Temple.	Foullon.
Bouloi.............	Du Lude. — La Reynie.
Bourbon (Lille)......	Ancézune. — Bellisle. — Bentheim. — Béthune-Charost.— Carvoisin.— Dangeau. — Écuries de la Comtesse d'Artois. — Forcalquier.—Gramont. — Humières. — Lauragais. — Maine. — Montmorency. — Rouault. — Roure.— Saisseval. — Salm.—Valentinois. — Villeroi.
Du Petit-Bourbon.....	Bourbon. — Petit-Bourbon. — Choisy.
Quai Bourbon........	Le Charron. — Jassaud.
Bourdonnais.........	La Trémoille. — Villeroi.
Bourtibourg....,....	Lieutenant civil.

Place du Carrousel...	Armagnac. — Tuileries.
Caumartin..........	Aumont.
Quai des Célestins...	Beaumarchais.— Fieubet.
Cerisaie..............	Lesdiguières.
De La Chaise........	Béthune. — Vaudreuil.
Chantereine ou de la Victoire...........	Condorcet. — Saint-Chamant.
Charenton....	Gournay. — Mousquetaires noirs. — Rambouillet.
Charonne........	Mortagne.
Chaussée-d'Antin.....	Balincourt. — Mallet. — Montfermeil. — Perrégaux. — Récamier. — Sommariva.
Cherche-Midi........	Clermont - Tonnerre. — Monteclerc. — Montmorency. — Perusse Escars — Toulouse.
Choiseul.............	Boufflers.
Clery....	Lubert.
Place de la Concorde.	Coislin. — Crillon. — Fougères. — Pastoret.— Ministère de la Marine.
Condé..............	Condé.
Quai Conti..........	Conti. — Nesle.—Sillery.
Du Coq.......... ...	Bouchage.
Coq-Héron..........	Gesvres. — Phélippeaux. — Vougy.
Coquillière.	Flandre. — Laval. — Soissons.
De La Coutellerie.....	Boucot.
Croix-des-Petits-Champs	Aubray. — Gesvres. — Lussan.
Culture Ste-Catherine	Carnavalet.—Le Pelletier.
Dauphine........	La Curée.
Enfer................	Chaulnes. — Vendôme.
Enfer (cité).	Chavigny.

Enfants-Rouges.... ..	Tallard.
Faubourg St-Honoré..	Aguesseau. — Beauvau. — Blouin. — Brunoy.— Charost. — Duras. — Egmont. — Evreux. — Feuquières. Guébriant. — Montbazon. — Sébastiani. — La Vaupalière.
— Saint-Martin	Boynes. — Du Tillet.
Fer-à-Moulin....	Scipion.
Ferronnerie.........	Gervais.
Figuier.......... ...	Sens.
Foin...	Marle.
Francs-Bourgeois. ...	Albret. — Bourdeaux — Charollais. — Letellier.
Fromenteau.....	Souvré.
Garancières.........	Sourdéac.
Geoffroy-l'Asnier.....	Le Fèvre. — Preuilli.
Grand-Chantier..	Bailleul. — Machault. — Michaudière.
Quai des Grands-Augustins............	Etampes. — Hercule.
Grange-Batelière	Augny. — Choiseul. — Gramont. Pinon.
Grenelle St-Honoré...	Des Fermes.
Grenelle-St-Germain.	Avaray. — Beauvais. — Berwick. — Bréhant. — Brissac. — Châtelet. — Conti. — Créquy. — Feuquières.—Harcourt. —Isenghien. — Lamoignon. Maillebois. — Maurepas. — La Motte Houdancourt.—Navailles. — Pompadour. — St-Victour Senneterre. — Salle. —Sens.
Hautefeuille....	Joly de Fleury.

Jacob................	Pons.
Jour................	Royaumont.
Jouy................	Aumont. — Chaalis. — Fourcy. — Jouy. — Prévôt de Paris.
Louis-le-Grand........	Egmont. — Richelieu.
Lourcine............	Zône.
Du Louvre..........	Clèves. — La Force.
Mail................	La Cour des Chiens.
Mathurins..........	Cluny.
Mézières............	Mézières.
De la Monnaie........	Monnaie.
Monsieur............	Archives de Saint-Lazare. — Condé. — Ecuries de Monsieur. — Jarnac.
Montmartre.........	Charost. — Uzès.
Montreuil...........	Titon.
Mortellerie..........	Sens.
Mouffetard..........	Gobelins.
De la Muette.........	Clamart.
Neuves-des-Bons-Enfants..............	Toulouse.
Neuve-des-Capucines.	Bertin.—Villequier d'Aumont.
Neuve-des-Mathurins.	Noé. — Le Pelletier.
Neuve-des-Petits-Champs...........	Beautru. — Bouillon. — Contrôleur général. — La Feuillade.—Hémery. — Mazarin. — Saint-Pouange.
Neuve-Saint-Augustin.	Desmarets. — Gesvres. — Gramont.— Lieutenant de police. — Marsan. — Mouy. — Pomponne.— Pons. — La Vallière.
Neuve-Saint-Médéric..	Le Rebours.
Neuve-Saint-Paul.....	Brinvilliers. — Maillé.
N.-D.-des-Champs...	Laval.—Mailly.—Terray.

D'Orléans-au-Marais..	Cambis. — Sourdis.
— St-Honoré..	Aligre.
— St-Marcel...	Orléans.
Orties-Saint-Honoré..	Petite-Bretagne.
Cour du Palais (cité).	Premier Président.
Place du Palais-Royal	Sillery.
Paradis..............	Soubise.
Parc-Royal.,.........	Bordier.
Pavée au Marais......	Angoulême.— Lamoignon — Lorraine.
— Saint-Sauveur ..	Bourgogne.
— (Séguier).......	Aguesseau. — Chatillon. — Nevers. — Séguier.
— Tournelle.....	Nesmond.
Payenne.............	Du Lude.
Pet-au-Diable.......	Pet-au-Diable.
Petites-Ecuries......	Espinchal.
Platrière...........	Armenonville. — Bullion — Le Tellier.
Plumet..............	Montmorin.
Poitevins............	Thou.
Poulies.............	Angivilliers. — Créquy.— Longueville. — Ville- quier d'Aumont.
Provence............	Gouy d'Arcy. — Montes- son. — Thélusson. — Thun. — Tréneuc.
Quatre-Fils.........	Argenson.
Regard.............	Beaunes. — Châlons. — Croy. — Du Gué. — De la Guiche. — Montréal. Rochambeau. — Vérue.
Reine-Blanche........	Reine-Blanche.
Reuilly....	Manufacture de glaces.
Richelieu...........	Bérulle. — Choiseul. — Louvois. — Ménars. — Miromesnil. — Talaru.
Roi-de-Sicile....	La Force.
Roquette............	Montalembert.

Place Royale.......... ou des Vosges	Breteuil. — Canillac. — Chaulnes. — Dangeau. — L'Escalopier. —Guéménée.—Orgemont. Ormesson.—Richelieu. — Rohan. — Saint-Géran.— Tessé. — Tresmes. — Turgot.—Villedeuil.
Saint-André-des-Arcs.	Chateauvieux.—Lyon. — Orléans.
Saint-Antoine........ ..	Beauvais. — Mayenne. — Orgemont. — Prévôt de Paris. — Royal Saint-, Paul. — Turgot.
Saint-Avoie....	Beauvilliers. — Caumartin.— Mesmes. — Mortemart. — La Trémoille.
Saint-Claude.........	Harlay.
Saint-Denis..........	Saint-Chaumont.
Saint-Dominique.....	Asfeld. — Auvergne. — — Brienne. — Broglie. Chatillon. — Chevreuse — Comminges. — Dillon. — Havrincourt. — Kunsky. — Lignerac.— Du Lude. — Matignon. — Mirepoix.— Monaco. — Montmorency. Mortemart. — Roquelaurè. — Rupelmonde. —Saumery.—Seignelay. — La Trémoille.
Saint-Florentin.......	La Vrillière.
Saint-Gilles........ .	Venise.
Saint-Guillaume......	Créquy. —Joly de Blaisy. — Montataire. — Mortemart.

Saint-Honoré....	Aligre. — Joyeuse. — Luxembourg.—Noailles — Palais-Royal.— Saint-Pol. — Vendôme.
Saint-Lazare.........	Valentinois.
Saint-Louis-en-l'Isle..	Cheniseau. — Lambert.
Saint-Louis au Marais	Boucherat. — Caumartin. — Tresmes. — Turenne Villedo.- Vitri,- Voysin.
Saint-Marc..........	Luxembourg.
Saint-Martin....	Vic.
Saint-Nicaise...	Béringhen. — Crussol. — Elbeuf. — Longueville.
Saint-Paul...........	Angennes. — Royal Saint-Paul. — La Vieuville.
Saints-Pères.........	Bernage. — Cavoie. — Chabannes.— Collande. —Cossé-Brissac. — La Force. — Fraignes. — Pons. — Du Rumain.
St-Thomas-du-Louvre	Longueville. — Marigny. —Rambouillet.
Saussaies............	Faudoas.
Seine............ ...	Mirabeau. — Reine-Marguerite. — La Rochefoucauld.
Serpente............	Serpente.
Sèvres............ ...	Chayla. — Lorges. — Querhoënt.
Taranne............	Sinety. — Taranne.
Temple............ ...	Fouquet. — Hôpital. — Grand-Prieur.
Quai des Théatins.... (Voltaire e tMalaquais)	Beauffremont.—Bouillon. — La Briffe. — Choiseul. — Lautrec. — Morstin. — Tessé.
Thorigny............	Le Camu s.
Tixeranderie........	Reine-Blanche. — Saint-Faron. — Sicile.

Des Tournelles.......	Lenclos.
Quai des Tournelles..	Rolland.
Tournon......	Brancas. — Nivernais. — Ventadour.
Jardin des Tuileries..	Régnard.
Université...........	Aiguillon. — Aligre. — Arselot. — Beaupreau. — Brou. — La Châtre. — Cosnac. — Estrées. — Gensac. — Goubert. — Harcourt. — Lassai. — Mailly. — Maisons. — Mesgrigny. — Morte-mart. — Périgord. — Pomponne. — Rohan. Guéménée. — Rougeau. Senneterre. — Soye-court. — Université. — Villeroi.
Des Ursins (cité)......	Ursins.
Varennes...	Angennes. — Biron. — Boisgelin. — Broglie. Castries. — Clermont. — Gouffier. — Jaucourt. — Lauragais. — Matignon. — Mazarin. — Mézières. — Narbonne-Pelet. — Novion. — La Roche-foucauld. — Saint-Gé-lais. — Tingry. — Vil-leroi.
Vaugirard...........	Bourbon. — Ecuries du Luxembourg. — Elbeuf. — Hinisdal. — Luxem-bourg. — Plelo. — La Trémoille.
Vendôme...........	Intendant de Paris.
Place Vendôme.......	La Balue. — Beaumont. — Bourgade. — Broglie

Place Vendôme....... (Suite)	— Brutelle. — Chan-cellerie. — Crozat. — Estrées. — La Force. — Feuchères. — La Garde — Mansard. — Le Pel-letier. — Sonne.
Verneuil............	Aiguillon. — Avejan. — — Bercheny. — Bou-ville. — Gamaches. — LaGuistade.—Montche-vreuil. —Montesquiou. — Morveau.
Verrerie............	Pomponne. — St-Faron.
Place des Victoires...	Pomponne.
Vieille-du-Temple...	Argenson. — Barbette. — Effiat. — Epernon. — Hollande. — d'O. — Rieux. — Strasbourg.
Vieux-Augustins.....	Hervalt.
Visconti............	Rannes.
Vivienne...........	Bezons.— Pontchartrain. — Talaru.
La Vrillière..........	Toulouse.

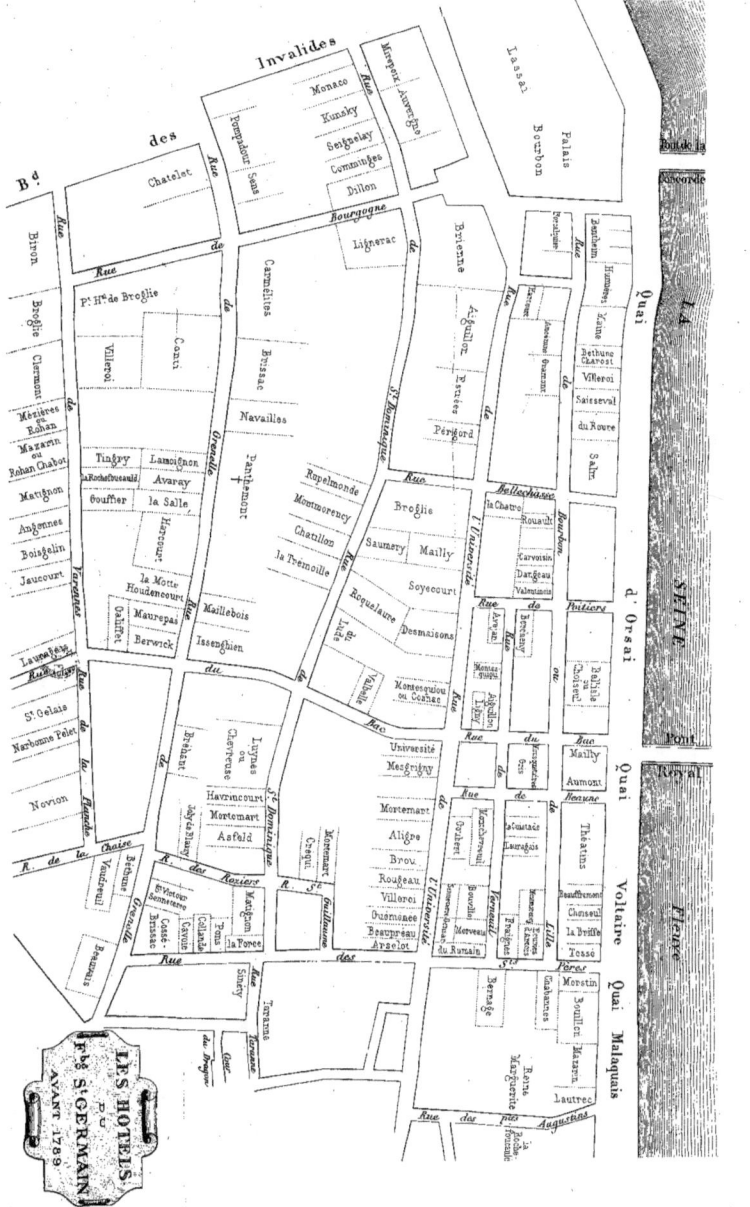

TABLE

Le Mans. — Typ. Ed. Monnoyer.

www.ingramcontent.com/pod-product-compliance
Lightning Source LLC
Chambersburg PA
CBHW070905030726
47504CB00005B/1473